江蘇地方詩文總集叢刊

金陵詩徵

〔清〕朱緒曾 輯

④

廣陵書社

金陵詩徵卷三十三

上元朱緒曾編

明二十三

邢　昉

昉字孟貞高淳增生有石臼前後集集凡三刻初定于豫章曾伯升次乃范氏部次宋牧仲所定全集族孫復生字純修重校正有乾隆辛未沈德潛序

漁洋詩話余最許石湖邢孟貞五言詩以爲韋柳門庭中人悵未及友其人官祭酒時鄉人李君令高淳特屬訪其子孫李至訪之則老妻稚孫煢煢孤寡饘粥不繼李脫贈三百金爲置腴田其家竟不知出余意也施愚山聞之造余再拜曰某交孟貞三十年不能恤其後人之窮公與孟貞未定交而能恤其身後令不凍餒以死某媿公多矣至爲流涕

池北偶談順治辛丑李退庵過揚州予造謁舟中因論近日布衣詩余舉程嘉燧吳兆人退庵曰終須還他邢昉第一

陳伯璣云孟貞詩無一
暢懷語讀之令人增感
孟貞壬申試於有司斥其文曰太狂因作太狂篇少
與里中胡印度李武冶結社年六十在白下校胡印
度偶然吟行世門人湯之孫
彥仍作年譜年六十四病故
其先邢瑁字南淮高湁廩生有南淮詩集瑁生符符
生尙賓尙賓生一湁俱弱冠食餼一湁生昉昉弟亞
貞與葛震父惠應寺看秋色賦詩亞貞早逝孟貞甥
季東野亦有詩四卷胡印度韓元長與九魏吉人臞
人孟貞爲
竹溪六逸

行路難

君不見銅雀臺井幹百尺松風哀君不見金谷樓美人一去
成千秋只言貧賤不得意富貴失意艮更多只言貧賤長寂
寞富貴寂寞空悲歌繁華豈得久相戀海水滔滔東逝波請
君獨力挽海水海水不回君奈何

遊宗遠明瑟園登池上閣

春水浮亂柳野色明郊扉榜舟適至門落花正霏霏雨後罕人跡泉石皆芳菲因登池上閣四顧延清暉君辭公府辟了知世事非荷葉始覆水釣竿已在磯嘹嚦天邊鳥徘徊故退飛

遊横雲山李氏園亭

鑿山費斧斤架閣費尺度雖有雕琢勞已極空濛趣蒼蒼石壁開溶溶碧流聚水色乃孤清山根緬回互孰知泉源深悠然此中度婀娜朱花繁差池紫燕去物情易綢繆兹遊遂成故平生山海心所至屬雲樹豈不愛巖扉俛仰反踞顧相思雲壑流遠寄西蜚羽羈遊客可久返我東皐步

夜宿石門

越山青至天越水綠如玉霽霞盈一溪落日絢幽谷緬懷古

昔人結綬膺艮牧沉湎山水遊放浪石門宿顏色不可見思踏嶺上躡風榛寂遠聽磵戶引高矚一宿詎能忘歷覽亦已足霏霏巖下泉飲啜共野鹿

與蔣泰占壁生話舊因贈

繄昔白雲嶺相攜日日遊君家在何許近傍城南樓睥睨倚絕巘碧澗門前流樵蘇暮入城月出雞犬收街衢類村巷溪水風颼颼別來三四載夢寐思其幽我鄉迫離亂兵革何時休想像武陵口合有漁人舟誓願從茲去數畝事田疇歲晏畢井稅衣食無外求永與君兄弟白首共綢繆

括蒼舟行一百五十里至青田作

三宿踰峻坂舍策循夷途亭午命榜人遵渚揚輕艫迅湍若奔馬百里惟斯須還眺南明山青蒼忽已無片雨雜纖靄歘

將回風俱遙遙出城郭始乃見棲烏昔聞青田鶴歲歲能生雛雛成忽復去矯翮淩天都惜哉不可見跋望西飛鳧

送洪行一往金陵

丹陽城外雨如絲練湖水白南風吹風吹一夜雨浩浩行人夢向金陵道扁舟俱發迎雲西獨宿江門烟霧迷我亦江頭未歸客青山愁聽乞蟬嘶

九日鵬池山登高寄懷楊龍友鵬池山在石臼湖南爵壘湖中小山名

前年九日金山寺楓丹露白茱萸紫江中風浪浩呼洶欻忽帆檣去千里去年九日吳淞江濤聲滚滚流寒瀧城頭落日望鄉處雲中哀雁鳴雙雙轉盼相思隔林藪故園寥落逢重九線繞雲飛爵壘前淒迷雁過鵬池口君發茸城木葉飄茸城江色莽蕭蕭予亦還鄉戀山水離心常繞石頭潮此日鱸

魚還更好思君猶繫木蘭橈

冬夜月下獨飲作歌二首

白門之柳何蕭疎三更擊柝霜天虛城頭烏嗁月皎皎我胡不飲歎息行趦趄丈夫貧賤逢衰老眼中世事齷齪那能好石臼湖水清見底刺船弄竿皆可喜釣魚射鴨不餓死

白門城上霜層層庭中月落烟霧凝行子戚戚愁滿膺中夜長歎寢復興獨不見妖狐跳梁嘯中野四海青絲籠白馬少年日夜吹笙竽王侯珠玉何爲者我胡不飲心踟躕出門千里當迴車歸來射鴨復釣魚

春夜宿燕子磯作短歌

迢迢淥水夜方生江草漸綠波漸平危磯百尺烟縱橫磯頭落日棲烏驚東風吹煙滿芳甸西洲送客辭鄉縣樹上棲烏

唬一聲芳草萋萋看不見年年烽火徹中流已是江南無限
愁越人歌歇天邊渡獨結愁心青翰舟

觀太子少保左公遺集作歌贈子直兄弟

熹宗御宇凡七載封狐虺蝎蟠天闕錦衣犴狴鬼夜哭忠臣
之血何斑斑此時世路眞坎坷大獄株連縉紳禍四海奔波
屬魏崔十年揮淚哀楊左左公蹇蹇龍飛前隻手取日升虞
淵大功久已在社稷巨姦側目來鷹鸇九閽虎豹聲闐闐左
公眥裂呼蒼天蝮蛇爭螫禍機發公也衣褐歸園田羣兇噂
喈牙爲磨檻車轟轟渡黃河紫衣校尉稱勅使皖公山下愁
風波詔書讀罷著四服傾城觀者吞聲哭捐軀安恤具五刑
囊頭且復闕三木幾日陰霾暗城闕長安市中風拔屋天地
震怒公殞命學士朝中皆魏姓豈子甯堪玷太阿眞人已出

懸天鏡盡驅魑魅掃氛祲垂衣手握河魁柄公於是日掌新
典天書惻怛孤忠顯即今慨慷觀遺文龍螭五色何繽紛諸
郎才氣如天馬奔騰絶影仍閒雅胸有至痛不敢言血淚哀
哀向人瀉相將躑躅辭鄉邑江上流離空四壁公侯必復理
有之甘肥不御情尤裂鬮禍已熄更何論當時羽翼還雲屯
況復天網亦疎闊此曹玉食開朱門豈惟玉食開朱門機深
竊恐能飛翻嗚呼封狐雖死多子孫安得努力一往呼天閽

送戴敬夫歸石臼湖 庚辰

十年江國流腥水行子簸蕩風沙裏奔走東西莽未休故鄉
廬舍生荆杞自從賊破歷陽城灊廬以下多甲兵青山半爲
狐兔穴白日惟聞鼙鼓聲嗟君避地艮辛苦横山銅井非吾
土西枝草堂竟何有東屯更復憂豺虎今年左師潰襄陽叛

兵東下如沸湯殺戮既已盡鷄犬閒闃滿目皆流亡君攜兒女亦來奔繭足荒林投我郵婦亡餘痛猶在腹倉皇翦紙招其魂干戈未定出門去秋風短裋傷行路天寒潮落石頭城世難心驚楊子渡與君相見成悲哽昨日題書寄鄉井信使差池猶未回憂思宛轉誰能省君歸路遶青山麓西去扁舟更蕭瑟夾岸烟霜雁鳬多歲晚歸來共幽躅

掃霜行

鷄鳴角角明星光宵寒野泊愁更長客子擁衾測天曙長年起掃篷上霜掃霜欲罷明星滅苦竹黃蘆霜似雪出門楊柳始藏鴉楊柳葉盡方還家千里舟行亦云惡每聽掃霜淚先落

土街行庚辰

白門風吹萬楊柳烏嗁寂寞土街口此家昔日最驕奢門前
妻妾鬬風車日日裁縫著紈綺著罷重裁無日已大兒走馬
鬧如雲腰間白玉稱冠軍小兒懵懂頗無賴不解詩書忽衣
冢一家暴貴垂文綬只道天長并地久豪華一散風中絮轉
眼眞同蒿上露門闌盡日捲風颷短褶長刀斫庭柱生憎此
路易傷情畏踏盧妃巷裏行

卓忠貞公祠堂歌 辛巳

卓公祠堂江之滸古木森森蔽庭宇伊昔致身帝股肱時危
努力相撑拄建文諸臣多慨慷公也矢謨乃獨臧少帝不用
主父策文皇聞之猶動色吐辭凜凜斥乘輿九死甯甘湛族
誅當時公計誠可惜謀國本與齊黃殊嗚呼公也眞天人不
見少時爛醉跨虎虎爲馴高歌招公公不來青蜺白麟紛徘

洄

晚過三山宿大勝關

峨眉亭上月忽在數峰西始見漁梁火因聞關店雞維舟三戶少吹角片雲迷自古江南地詞人賦慘悽

白門過潘嘯生故居

幾日與君别因悲白下春流黄粒中婦聞笛感何人歸去烏程縣遊殘洛水濱平生無限淚一灑爲安仁

晚泊燕子磯觀月

蕩舸出郊圻空林杜宇飛亂流通淺峽孤月上危磯草色連吹角江聲隱落暉征途逮明發腸斷此芳菲

過陳汝鴻郊居

自君郭外住十載曠招尋一寄洞庭詠知余江海心蝸涎虚

壁落馬跡在堂陰兵難誰無恨惟應臨老深

悼鄒滿字

憶昔到廬居閒庭鳥雀虛蘿寒侵閣覓柳絲映池疏有徑微通屐平生懶著書一朝消息斷墓草色何如

白下訪楊無補

三年曾問訊隔歲識君廬淮水淪漣側梅花綽約初霜清千步遂雲滿一牀書寂寞應如此頻來楊子居

過齊尚書祠

尚書祠下千迴過此日沾巾淚未休蘋藻已荒兵燹歲江山忽似革除秋眞人一姓猶甘死流水孤城何限愁寥落空庭惟繫馬井闌摧折斷煙浮

得伯璣蕪湖書卻寄

相逢世難成羈旅，庾信平生賦可哀。白下窮交幾人在，南州孺子一書來。春風草色楊花落，門巷鳩茲燕子回。衰鬢不堪頻極目，汀洲無限水瀠洄。

與方爾止登覆舟山同賦

殘石披榛徑屢荒，雞籠山接覆舟長。叢祠夕照連紅葉，宿莽人烟暗綠楊。城上宮雲生夜色，天邊秋水浸菰蔣。隔江戎馬憂生事，禾黍風前各望鄉。

宜興城下感舊

山陽笛裏暗銷魂，洛水遊人不可論。曾是信陵公子客，白頭垂淚過夷門。

包將軍挽歌 將軍吳人，乙亥春流賊困皖城，將軍捧檄往援，偏師無繼，戰敗不屈死

將軍仗劍出吳關，大羽飄零戰血斑。死後鐵衣人拾得，年年

秋祭晥公山

橫塘曲

汀宿鴛鴦浪宿鷗芙蓉零亂木蘭舟白蘋渡口橫塘女箇箇生來字莫愁

溪行屢經亡友胡印度別處興哀賦此

濺濺溪水側是予門前路涓流亂石門褰裳乃可渡憶昔造子廬款款平生故樽醪亦時有日晏未遑去相送屋東偏幽林每徐步敧岸注微波殘陽在高樹情因老易悲欲別恆返顧茲來溪草綠遇到臨分處予猶耿素懽子已長不寤流泣但徘徊空慚子桑扈

井金行

趙文室者馬氏之書役也官至左都督氣燄赫赫矣丙戌春於其宅井中淘金不可數計入于宮府怙寵

先生作井金行余亦繼作

石欄斑駁苔生井井上轆轤百尺綆轆轤汲盡井中水纍纍黃金出井底百人荷擔萬人觀皮冠豹舄多大官擔夫流汗官嘖嘖馬虒爛漫光成團入井出井剛一載炙手薰天氣安在白玉横纏斷養身黃金那不委埃塵井旁側近西宮路憶昨六龍從此去丞相虛傳扈蹕行輿臺爭指淘金處

夏日讌徐公子裕超園亭作

炎天白日無飛鳥六月涼颸拂人少解衣脫幘坐廣庭對面層崖欻幽杳曲池湛湛沉鰷鯉喬木颼颼風入耳石壁影動嫋懸蘿翳然林木清如此石根水曲更彎環閣道連衺眾木閒已覺炎蒸頓瀟灑俄驚疎雨如深山先公爲園肅皇代古瓦危甍存礀帶青松手種成幾圍虬枝屈鐵烟霏霏想像四

海升平日草木細瑣流光輝鰲柱忽傾人事改虎踞龍蟠失精彩三百年來畢萬勳一朝逝水流東海嗚呼高帝功臣起豐沛中山作輔疇與對夜郎覆餗兼覆國鼎足甯當用此輩禾黍宮中今有無蕭條再見秋風徂獨有此園氣蕭爽頗與故宮風景殊風景雖殊亦愁絕人事錯遷豈有極簷前雨色忽黯慘那更庭中進絲管

板子磯行 戊子

磯頭白浪堆千疊磯面稜稜磴百級誰向中流築堵牆粉堞參差樹幪密漢上諸侯思縱橫晉陽之甲終無成朝中授鉞推司馬卻報江心先築城築城縱使齊雲漢萬騎已渡黃河岸功名聊復遜桓溫伎倆甯知同柳璨旋渦奔馬雪霏霏十丈牆高計盡非石頭城上干旗出安用崔巍板子磯

神鴉歎 戊子

富池驛邊日欲西甘甯廟前烟欲迷雙竿半折廟門壞神鴉散盡風凄凄風捲長波舟去急羣鴉飛上檣頭立送客遠來催客心舟上叫舞拋餘粒估船斷絶古祠荒無復釃酒刲牛羊江黄何歲來盜賊從此神鴉稀食肉神鴉有神長忍饑不向江灘啄人骨

故宫燕二首 丁亥

君不見故宫燕春雨秋風幾回轉宫中風雨長蓬蒿飛入宫牆繞虛殿穿簾度閣羽差池盡日呢喃人未知柳絲乍銜千尺絮花開仍拂萬年枝玉墀寂寞罘罳冷畫棟差池春燕影歲歲營巢竟不成春來秋去誰曾省可憐此度秋風早整頓毛衣猶自好徘徊欲別未央宫萬戶千門忽如掃鐘簴何年

志洛陽僊人辭漢淚成行最苦西飛雙燕子回頭不見舊宮牆

烏嗁金井桐嗁聲易嗚咽未若向西風傷心故宮燕白門燕子去秋風社日年年無不同惟有曾棲靑瑣闥欲去未去悲西宮卻憶西宮前歲築禁籞勾陳俄彷彿不道君王事卧薪頗聞將作誇神木一月宮前纔列仗翠華西去塵飄颺虛殿無人燕子來三春對語雕梁上轉眼誰知事更非雕梁藻井似蓬飛明歲壞垣春草裏茫茫何處問烏衣

石城橋與于皇別二首

長川竟淼淼忽聽榜人歌況復洞庭上微風今始波西鄉空怨别一歲又蹉跎漫說傷離意繇來楚客多

是子故鄉路悠悠我去遥徒然異風土共歎一飄搖未落雕

亭葉先悲後夜潮不堪持此恨相送石城橋

輓翟去文

拂衣不道別家難一去茫茫化羽翰苦逐兵戈投遠嶠盡拋書劍著危冠生前已斷還鄉路死後方爲待詔官孤塚定知何處在東粤欲薦淚空彈去文卒于閩贈翰林待詔

黃州寄杜于皇

葦岸風淒日漸微長堤繫艇晚依依十年紅樹辭鄉去八月黃州見雁飛燒罷林廬殘址在戰餘茅屋幾家歸翻憐此夕君思我楊子潮回木葉稀

夜泊大勝關

三年兩度經過此此度殘陽最慘悽水面寒鴉飛上樹數聲猶似亂前嘶

哭族叔南康簿帶甫

綰綬未逢辰驅車即苦辛縣荒猶舊版官小是王臣百戰空三戶孤城絕四鄰竟無慙裹革悲淚灑蒼旻

策馬之官日心知世已傾連城多苦戰一簿不偷生消息慈幃慟雲山廣柳程祗應南董輩泚筆庶相旌

柬白雲先生

白雲先生眞坎坷敝衣百結不掩髁五言爛漫世所稀萬里奔波一生餓先生饑餓不出門門外客來無一箇佮傝面綴一老翁日中無烟獨眠臥白門車馬何紛紛井丹高潔人不聞慟哭時經瓦官寺傷心猶憶幔亭雲嗚呼丈夫生世隨所遭織屨賣卜安辭勞世間豈無玉食曹轉眼滅沒原上蒿先生死後二十載聲名漸出揚芊采此雖人事有鬼神抉剔搜

排繫眞宰我亦蹉跎白髮新青溪日日隨車塵誰憐霜落烏啼夜還有當時痛哭人

丹湖送龔當時還豫章

昔時相見長干下高閣寒雲正瀟洒紅塵九陌尙悠悠別袂三江還復把白芒城南未寄書三年海上有鱸魚君今已作潯陽客同舟仍向長干陌徘徊一別練湖濱轉瞬看飛衣上塵此行正及彭蠡雁嘹唳淒清思殺人

古交行

顧與治鑴于司直遺藁成邢子讀之有觸于衷作古交行

于郎燕趙士負奇慕儔侶萬里辭故鄉南行至吳楚楚國有佳人相思路遥阻慇懃譚與劉心共于郎許相許已平生相

望苦多情一朝有反覆遠道悲長征參差兩乖絕餓死石頭城于郎結交多英彥高堂日日羅賓宴轉眼飄零向南國夙昔相知若流電望望燕郊一慘神出門四海無故人濱死卻臨揚子渡生前不見盧溝塵遺文一卷如冰雪皎皎肝腸何太潔秣陵顧子于郎友夙昔傾心心轉熱化碧雖知事已非殺青頓覺情彌烈君不見范張雞黍歡千里勞奔走當時片言纔出口他日素車白馬追廣柳古人之交世安有嗚呼古人之交世安有翻乎覆乎奚足取

海雲歌送方爾止繇雲閒返白下

海雲迢迢倏飄忽白門歸客愁不發芳蹊碧樹遠吳天桂楫蘭橈蕩秋月君家甲第何蟬聯桐山秀出連龍眠弱冠聲名起江介片言落紙飛雲烟平生少孤亦坎坷脫略繁華厭尾

瑣讀書已破一萬卷作賦談兵無不可十載桐城戰血斑峨峨白骨成邱山登陣授甲何慷慨指麾破敵如等閒君抱奇才遭世難長揖戎軒幘常岸賭墅何曾笑謝安從軍不得同王粲孤舟鼓柂滯江皐感此踟躕心鬱陶酒邊落落歌長鋏腰下時時看寶刀酌酒與君勿嗚咽古來才大轉愁絶前年避地長干居一回又向江門別江湖落日水悠悠黄浦潮生逐去舟相思鐵甕城南夜獨倚危檣看斗牛

當嵒園寄湯彥仍

正月陌上柳柳絲未含綠四月園中梅梅子黄已熟東風吹雪舞簷楹轉眼啼殘布穀聲蘼蕪無雨壓萋萋色幾日腰鐮芟大麥平生我抱湖海心忍使朱顏老故林此計邅迴子太息我當爲向子爲禽吁嗟一别春徂夏不見流光似奔馬我有

清醑待子傾醉後縱橫涕雙下

紀映鍾

映鍾字伯紫一字伯子號戇叟自稱鍾山遺老上元人處士青之子有眞冷堂集補石倉集檗堂詩鈔王漁洋池北偶談紀青字竺遠能詩少爲諸生棄去入天台爲僧復捨去其子映鍾尤負詩名泰州鄧漢儀曰詩必宗唐乃爲合調而摹擬皮毛者又失之伯紫始極變峭繼乃雍和所以去膚而得其神卓然爲詩家之冠又云詩家只是識卑所以氣懦伯紫十年讀史故下筆嶄然獨與人異

學圃歌贈鄧孝感

我爲東湖樵子學南山圃相逢大道傍雪涕問勞苦我逢冬青樹再拜不敢斧子有東陵瓜屢潰深秋雨生事尙饑寒吟詩坐蒿堵

渡黃河

黃河接東海道路遠且長白楊風蕭蕭吹彼落日荒孤城蘆荻中四顧徒皇皇病馬嘶寒烟老烏立平岡中歲劬于役筋力匪故嘗捨鞍復望楫意緒如亡羊睠矚無匹儔觸懷多傷魚鹽藏聖士販繒亦侯王英雄皆瓦注感此悲浪浪

次板浦

板浦對青峯海氣白如練巨魚吹潮頭怒與風伯戰餘威散爲雨大注迴颷漩鱣鮪失故居漁人悉吞胷震掀屋上茅羃心幾驚顫日月此中生金丸舒一線茲來月十五元陰塞四面誰能撥層雲見此雙寶鈿載拜塵土中老目堪一眴

望東澨山

海澨有澤民蛤牆荻作屋斥鹵汲爲泉飯蠣不待熟張網向潮頭日夕水中宿蟹蚌如泥沙鼃鼂實巨斛濾剝無停時棄

甲量以谷腥風被廣野炎氣殺草木此獨非羣生不爲昊天鞠峯頂眞人居含慈萬靈育嘉卉攝諸山甘乳流四麓坐臥雲霞中屏絕風塵熇咫尺天人殊龍虵劇走陸

月夜渡東溟

微風生南垓榜人擊楫呼起看天海淨夜氣縱橫舒魚龍寂無聲明月炳中樞混茫太古接蕩滌鬚眉俱羣山勢奔湊巨星倏有無大哉天地力送我塵梗軀

悲吟

賣畚洛陽市不逢嵩山客蒼蒼山下雲日暮松楸碧我憐王景畧甘爲苻堅畫英雄悲不遇既遇良可惜

寓三山雨中述懷四首

人日至春分日日雨不止朝曦澹林端陰雲已凝竢初猶灑

窗微漸作翻渠駛宿莽未萎黃新草怒生阸北牕暗如漆饑
烏下啄紙羣兒樂未央志士悲年齒
雨中百端集繞廊忽行吟自我當暑來居諸春已深桃花與
林綺叢桂日抽簪遥想幽人閒花下鳴素琴貽我一端綺與
我稱斷金泥塗白日阻空睇南山岑
谷鳥鳴喈喈好山弄眉嫵流雲靜不飛懷人在東武誰將嶺
頭梅寄過瀟湘浦落月照蒼梧春風徧蘅杜佳人渺難期愁
多不堪數
烈士貴有身聖人亦無位冥鴻旣高飛哀鳳猶一至睢睢千
仞姿卑棲狎狂鷙已知不可爲大義終難避慨然成春秋不
易匹夫志後世隆中人出師得其意
孔林

輦道何紆長松檜接城陌清飈藹行塵隱見金碧額萬木鬱
晴空卉草含香澤瑰異强難名芝菌秀可摘云自四方至吳
楚借形脉秋聲起林端戛擊錯金石恍如絃誦聲中夜悉紬
繹尼山當戶牖泗水環潮汐何年造物根毓此后土宅保合
無位人永作生民辟至人惡久生麟傷鳳斂翮勞勞七十年
狼藉輪蹏跡庶幾一抔土溫我不煖席

報恩寺修墖紀異

古墖摩蒼穹日月生戶牖熒熒珠碧輝萬里接靈鷲涌地出
豈風自天降神鏤舍利函中央光明夜如晝誰遣豐隆來突
破陰陽轂火輪輥地飛巨礮瞰中霤或疑泰山頹或疑轂洛
鬩或疑銅馬馳蹴蹋昆陽獸侵晨看九層直下穿一竇金甌
頃已虧趙璧猝難救遐哉五君子翩翩舉雙袖運彼郢人斤

復此鼻端舊妙手補天媧捷足緣厓狖石恪畫維摩麻鞋露兩肘之子敝衣冠神清骨堅瘦觀者空城闉汗流列禦寇按宣城施愚山雜著云江甯報恩寺順治戊戌爲雷壞一角有田氏兄弟陡登最上層繫横木於塔門竪梯於木端緣之而上若猱升焉其徒執役魚貫運材因勢掇葺如燕雀營壘移其木以次及下三月迄工田氏解衣跣足持長帚踞塔巔磅礴掃除謂之洗塔復仰天坦臥雲日盪胸安如平地駢集來觀者千萬人皆震駭洶湧田氏循簷斗折冉冉而下人皆疑爲神仙焉伯紫所詠卽此事

東花園看花歌

東風未踏東園路東園春色來無數問爾岸草何時生出門綠遍前溪渡欲晴不晴飛雨絲欲鳴不鳴幽鳥疑遥看一片火齊樹宕漾千頭琅玕陂白雲不動花灼灼晚烟勃起態綽約花邊高閣寂無聲碧偃疎窗藏並蔕戇叟龍鍾偶過橋買醉無錢行帶索安得一龕倚花住朝見花暄暮花霧金尊明

月莫教閒玉女驕驄屢回顧燭龍銜燭無停時誰把黃金顏色鑄噫嘻杜老難逢斛律斯東坡不見林家嫗歸路沿城白日暮枕上遥遥憶孤樹

觀白石翁三丈畫卷歌

石田畫卷長三丈邱壑幽深氣坱莽大山未斷小山出大溪渟泓小溪急山迎溪互密濛濛大松小松查枒横側交其中如此丈餘始曠朗孤亭似有人來往從此山川又奇奧渾雄一變成蒼峭千流萬矗排空來龍湫鳥道逼天開流觀兩目不暇瞬當年落筆何奇哉人觀此翁畫手妙在疾不知翁也未畫凝思坐一室忽然盤礡神明開天地低昂萬形失吁嗟未登太華東南峯未攬河海陟登封畫山即山水即水何時更得開心胸石田翁落筆茫茫人不測不知翁也何所得畫

戚水石不異人卻教舉世無人識

七月六日方爾止龕山草堂對酒歌

天上雙星未渡河秦淮流水秋生波龕山草堂最疏豁短牆風到吹烟蘿我從江南徙江北相思不見中情多今來喜得話疇昔比鄰客亦聞相過（鄭梅龕）竹聲琅琅響寒玉雲陰漠漠垂庭柯六街禱雨禁屠割君家生菜盈坡陀小烹佐酒雜乾腊懷抱傾吐捐沈疴人生動卽千里隔江山況復連兵戈相逢縱飲意良足清涼不異棲岩阿牀頭鴟夷已交臥睥睨顏色何人酡芙蓉花開塘水淺醉來起舞同高歌城頭飛雨時一至安得大地呼滂沱

望中泠第一泉歌

百泉盡生巖石裏獨有中泠出江底洪波輥輥浩無涯中露

一泓清泚泚世人棹舟尋不得郭璞之墓微可識嚴冬霜落金山高玉柱千尋透江直我從江岸望江心美人不見江流深停雲悽悽日杲杲嶺猿助我生悲吟歸飲轆轤山上水更聽松風滌雙耳首陽長往汨羅沉天寒月落誰人是

眞州漁父歌

眞州漁父艇十尺日日維舟汀草碧看盡江南一片山往來只在菰蘆閒短布爲裘蘘作枕臥對桃花萬株錦笙歌靜響羅綺閒明月當頭舉杯飲漁父十年江上漁江上漁人識面疎有時得魚還自放心同流水歸空虛

將相談兵歌題蔡懷眞畫冊

相公面白美須眉將軍銳頭虎豹姿繩牀對坐不聞語意態環屬無支離相公者誰吳橋公將軍姓名曰蔡忠相公昔爲

帝藩翰豫州建節羅英雄將軍幕下稱乳水受命勤王事可紀鐵騎長安匝數圍纖羽無聲神鬼死將軍改裝爲乞兒蕭蕭摵摵穿營壘飛表縋城達九重外內情徹方從容往來報命十餘日相公喜色開眉峯睢陽自重南霽雲淮陰再拜廣武君蔡忠有功在社稷黃金茅土何足云一忤權貴龍在野再遭國難難爲羣年過五十猛氣在王翦旣老稱冠軍我訪將軍齊化門將軍留我啟壺樽蟹羹魚炙行日夕高談話昔情逈敦古來將相如風雨當時則聞過則已崇禎天子十七年揆席頻翻如易屣吳橋清節百世師將軍未見三遺矢且加餐飯我作歌將相談兵非故紙

報國寺雙松歌

落落何朝十二松兩松怪誕難爲容求之骨貌意已失尚想

天外超忽雙雲峯白日當空集風雨紫氣盤蓋藏芙蓉一日一看一奇特百步之外尤荒惑或言此松似石鼓泐苔蝕籀鈇鉞股或言此松類神駿蘭筋决滅秋霄迅或言此松其太白無懷之民邊幅裂盡存吾眞傴僂錯愕任笑嗔不知巉巖與朝市頽然放足三千春

荒村早行

村村趁集人曉行曉日自照繁霜明石橋壓水水不動秋蟲棲草啾啾鳴誰家蓐食不早起瓦瓶汲井聲齒齒宿火光猶亂草檐前山日已半峯紫寒風射眸如細霰北行竟日背日面卻憶南村就曝時迴首疎雲送孤雁

福州鼓樓行

高閣層城插蒼冥千年砥柱閩南滇樓頭鼉鼓繪獅子石柱

盡鏤狻猊形九馗茫茫夕烟起唱更夜半星雲裏山川四面拱神皐歸然旗鼓東西峙制作相傳疑郭璞雙門雙塔重重築海山五虎勢并吞故老工爲厭勝術七百年中王氣連白馬三郎六十年宋明勢蹙偏安日百官猶此同朝天規模崇隆地圖傑行省丞相藩屏節東臨滄海撫諸蠻雜遝賓琛亂鹽鐵童童古樹蟠蒼穹修廊複道紆長虹風塵夏屋半攲側堦墀白石經磨礱閩王遺魄尚高阜哀哀淒淒兔狐偶御怪當時營夜臺驪山便在阿房後我遊三山毒暑時裸體揮扇步懶移同人盡道鼓樓勝遠眺最與清秋宜七月一日祝融走猛風烈烈吹南斗飛棟雕甍霄漢閒大冶鴻毛竟何有北飈卷西祇倏忽但聽千家萬家哭爛額焦頭老稚奔橫刀胠篋降丁出君不見石柱犖立如山邱不問當年迴萬牛至今

踐踏成苴礫無人敢取支牀箒父老哽咽五月水城不沒者三板耳幾年膏血轉汗萊萬里游魂哭蒿里皇天厄運何人問民力人難起方寸鼓樓鼓樓七閩鎭不堪道路傷遺燼

道傍廢屋行

蒺藜穿瓦風搣搣云是前人萬金宅水晶屏掩舞衫紅至今惟見秋燐碧寒犬蹴沙野鴟嘯老婦抱鉏拾衰草過客揚鞭如不聞崎嶇欲上長安道

孫氏五烈井歌 有序

崇禎八年流賊破和州自守博士下死者十三萬人婦女七之孫于朝先生妻馬氏先掘土穴井傍藏二婦二女城破皆自刭不斷馬驅之從井死而身毆罵賊怒焚之子與孫仲子敏克遊敏克之妻一烈也示我金侍御疏及杜德馨傳括其事作歌

猰貐啖舌江流血孫家有井成五烈歷陽烈女亦何多國尚

詩書厲名節孤城湯沐二百七十年十三萬人肝腦上以報
皇天何意婦人勝男子奮義罵賊齊爭先孫母淸閨盛才諝
穴藏二婦與二女事急齒刀喉未絕大言此井汝死所留身
殿後數賊惡賊怒焚之廿一炬赤血飛天成紫雲明膏入地
地且墳至今談者猶色變當時轉覺無紛紜眞定亦有五烈
井眞定張君屬我文朔南巾幗且對峙衣冠何處堪容置春
秋俎豆隆鄉土亦復穹碑對君賜三十年來我始游物換星
移競傳識時從孫子城北行城下有池千頃淸孫子告我城
破日池中婦女高岸平溢水在地魚在陸白日慘黯枯條鳴
此中有烈迴不異何人更得知姓名吁嗟乎既烈何殊幽與
明

送鍾子黃歸鹿宕

送君歸鹿宕山色正蕭蕭雨氣江湖白秋聲日夜驕殘書披
硎戶幽鳥待松寮他夕天門月鍾期信可招

冬日將往清湖夜宿徐卿汐閣次壁間韻

荒磯背郭靜日暖臥沙鷗水落增高岸烟微沒去舟早梅偏
近寺冬柳尚遮樓一榻消長夜鄰鐘幾度秋

劉東平廢第 曹縣

舊縣將軍第樓臺幾處存畫龍銷彩棟蒼鼠竄頹垣鄘塢藏
終廢丁公罪莫原留連看白日宿莽易黃昏

別家 王漁洋極愛末二句見池北偶談

離騷手把付東海春雨篷窗過石頭豈有英雄懷爵祿若爲
仙佛自風流花開京口閒如夢淚灑文山總不收底事一作惆悵
天涯頭易白楊花空滿閱江樓

贈鄧孝威

荒塗渺渺友聲求文舉曾知有豫州屠狗可憐長結客爛羊
終日聽封侯如銜石闕誰爲語屢卸金貂不破愁六代風流
誰可續好吹鐵笛到江頭

廣陵夏夜同與治半千蒼略訪楚吟城北村舍次與治
韻

顧子乘舟江霧昏杜襲促膝坐前村白雲滿地鄰僧磬黃葉
封溪處士門傍舍只須山一片閉關常得酒盈樽最憐合併
如斯少夜半傾泉煮北源

稼公寓齋小集綺季攜被宿陳其年吳子班繼至

日日秋陰雨細飛夕葵開落傍柴扉幽人襆被移書榻古寺
鐘魚度翠微飄泊酒杯逢李爕疎狂詩句見元暉板橋新水

添三尺衰柳依依送客歸

登太行山絶頂

西來雲氣接崑崙匹馬登臨絶頂尊蹶起雄爲天下脊巋然恆作晉陽門沁流一道穿河水上黨孤城俯太原迴首武靈戎服地暮烟荒堡自朝昏

張幼仁園居

結構幽居似輞川鷲峯鹿苑一溪連天涯白首歸張翰海内丹山老鄭虔高閣三層懸暮雪荒畦十畝刈寒烟城陰宅近堪來往古路鐘聲不計年

寄匡山道者

自古東南第一峯秋燈隔水白雲封謝公心雜陶公醉瀑布聲邊臥次宗

杜于皇移居十廟西門

亂離無定處歲歲賦移居忽舍牆東竹來親廟北蔬春風遷赤甲夜雨夢黃初王霸平生略規模照左閭

十一月朔移寓聖秋過存

高眠安旅食掃地即移居秋草一牆隔殘霜數卷書客心砧杵後生事研田餘寂寞逢君至風塵客掩廬

觀重勒瘞鶴銘

焦山直下千尺餘波濤蝕嚙神仙書霜枯水落路幽阻碑版隱見驚樵漁華陽眞逸何代客或疑逋翁或貞白鴻搴能矯勢翩翩劫灰未爛江心石自經摧剝無全魂善本難求重金蕤釵股長沈巨浸中雲霞韻出風塵外愛此昔有歐陽公重勒何人嗜古同雙鉤細摹宋本搨元珉巧鑿留山中生面重

開字完好一戈一摘工探討刻畫難追造化功家藏擬作人間寶吁嗟乎我來焦山酷暑時斯時水淺捫殘碑再看堂上新題碣何人更問水底斷鈌零落之蛟螭

三山秋興次李空同河上韻閩中作

客居嘗篩出策杖亦閒行月暗烏龍浦湖迴白馬城寸心諸感集中夜一蛩鳴不寐瞻河漢迢迢萬里情

史遠公以黃山遊記見示奉答

君從湯口尋山去直入千峯與萬峯纔有路時三礀雪絕無人處一聲鐘雪緜忽漫藏丹竈瀑布長懸濺白松披寫幽奇隨意出卻疑挂杖是蒼龍

送郭阜旭之大梁

吹笛燕山風月清朱家樽酒惜離情火流七夕秋初到客去

三河雁有聲逆旅掃除迎郭泰監門慷慨問侯生此行應有
梁園賦沙草萋萋繞故城

送吳長文出塞

憶昔相逢濩澤頭太行東阻白雲秋孤城上黨砧初動奇士
南皮轍尚留廿載再看顏色好餘生强半别離愁輸君結束
情偏健又着黃衫跨紫騮

從軍行

十六出榆關五十猶荷戈行臨李廣祠揮淚長悲歌
驚沙白日昏秋雲壓城堡飛犬逐黃羊血灑荒原草
羌管晝淒淒牙旗風獵獵醉枕芙蓉刀懶擁桃花頰
九射俱穿鵠再發射雙鶬策馬傍無人獨向沙場笑

寓目

海風吹斷雲新月一鉤早廢堡無居人野鼠動秋草
落日繫一髮野風起前岡白波渺無涯何人採蠣房
嶺路重復重茅亭暫停策回看荒箐迷細路一絲白

送陳天聞還三山

閩山多雨熟梅天分手洪塘意黯然今日秋風燕市別追思
已是十年前

慈仁寺訪彥遠用前韻

二月風氣佳出門帶新柳騎馬慈仁寺松光迎馬首傍松入
高門披帷見我友寒退土烓閒日色在低牖主人半病眠應
酬費心手捉筆方攢眉見我開笑口開口便說詩大致歸一
厚謂我善七言歌行尤勁陡五言力固强多作慎莫苟此語
見至誠佩之如琳玖我愛與子言妙意入醇酒促膝夢天涯

爲樂亭敝帚汲泉累童稺設果探瓶甒屋下春鳥鳴牆上松
濤走家書取示予絶不及升斗苦心懶自明摧挫棲塵垢我
有千竿竹别來翠應朽予有千株梅何人爲予守我有一閣
書野鼠蝕蝌蚪予有一片石雲根乘培塿我有五嶽囊刓敝
不在肘予有蒼精龍抑塞不敢吼山川閒艮辰天地徒爲耦
獨將箭上機相𠏉闠中婦惆悵浮雲過瞠目立許久我境事
事同我生重重砦願移白下居就予河渚畝來往見風流二
老世外有揮涕忽歡然不覺日當酉更訂月明時招要固哉
叟叟韓詩也

補山堂歌爲步菴老人作

茫茫楚澤黏天綠中有老人結茅屋淨洗腸胃臨江流看盡
虞淵又暘谷卻訝門無一片山秋瀾萬頃空潺湲挐舟欲採

芳蘭去居山不見悲潸潸會當割取熊耳峰頭千仞石嶙峋
置在鴻濛澤打鐘夜攪懶龍眠振衣直上摩霄碧爾梅居士
何人乎噓翕雲漢移蓬壺張目一掃岩壑出峭冥巀嵲頃刻
插在練光鑑靚之明湖造物缺陷我不問誰能補山祇須臾
五日一石十日水神速得如梅也無老人一見發長嘯渾然
自謂愚公愚乘風浩蕩睨八極手排閶闔叫蒼梧嗚呼手排
閶闔叫蒼梧

元武湖

漢高入咸陽蕭何抱版圖豈惟功績大識與衆人殊元季際
陽九大地如焚枯神龍蹶淮甸奮烈四海蘇民爲上帝寶細
冊羅眉鬚深防武庫火置此元武湖中央墳大阜夏屋百千
區覈別精勤吏鱗尾換轆轤聖祖親用享神物㕑東隅黄門

冠峩峩秉笏代天敷塵牘山岳積汞絕甦與甦及昏嚴熵火
悄然明月孤湖爲鍾山鏡山如湖上姝菁葱涵晶晶長奠天
北輿每登雞鳴峯下覽湖中蒲湖鯽巨如鯉腹隱一尺腴禁
方更監守生物遂昌濡五侯縱驕貴不敢充庖廚可憐今竭
擇殃及湖上鳧

和魏貞菴相國張村泛舟即事

目送空原鳥去高相攜論語並離騷春融大瓠千花釀雪壓
中流一葉舠鉅鹿經綸傳叔玉河汾瀟灑愛東皋竟然燕喜
歸來後不是畸人有託逃
卧遊五嶽與三湘萬卷圖書百客觴圯履赤松原旦暮越裳
白雉盡梯航嘗聞獨玩韋編日縱博難窺武庫霜時論同歸
天咫尺蕩然風誼下林塘

隄沙霜細水盈沱里第今聞上相過午墅頓教投客轄車茵容許卧漁鑊遏雲檀板驚棲鵲遵渚沙棠傍浴鵞逸興大饒吟正劇來宵明月照藤蘿

春雨草堂歌

自經喪亂六七年海內英賢久零替大江南北多草堂往往有堂無寸地宮子千岩萬壑胸指授山靈若郵吏草堂要爲天下奇署以春雨尤高致蘸叟頻過未一登夢想雲根倚寒翠不知宮子實有此堂無奔走筆墨如轆轤虎頭圖畫謫仙句夜深寶氣生菰蘆憶昔崇禎全盛日揚州靡靡泰州實是時西北未用兵瀕海人猶輕物力一時人望多嶙峋君家大夫稱特出出入紫綬垂十年伯夷典禮咎繇律看君年少兩冠軍咫尺冰明忽相失麻鞋不得見天子空谷號天如伏鑕

雲昏萬里不逢人月暗悲殘氣蕭瑟只言溝壑埋詩書誰料
餘生老衡泌庭前兩雛更奇怪紙落如花腕不懈少小爲能
終韞諸和璧愁從碧貫賁文章氣正鬼神珍春雨堂前見三
代君不見蒿廻老隱西夜夜子規叫又不見梁鵠林哀吟臥
病湖水潯又不見李叔子竹溪水深滌雙耳又不見麻姑山
前小徐庶家徒四壁狂如故只有甕與無茹蓋頭會當分春
雨之一犁灌吾圃於千秋

十五六行贈玉式

憶昔與君十五六我裹緼袍君奇服相逢各不問苦愁尙論
淵元瞪雙目讀書只恐後古人著作等身恆不足橫筆直掃
千人廢上溯羲軒下周穆或忌或憐曾莫知快意在胸形槁
木看山即行數十里一醉三日嘗不起有司督試遼巡來西

抹東塗薦冠喜自視一第如探囊致君堯舜平平爾華陽道
上擷兩僕二十餘年驢尾禿明遠樓前科既行心肝嘔盡劉
蕡哭文章既與世變更天地都如浪翻覆而我安能與之隨
汩沒憂從中來不可掬君茹荼我嚼蓼君撾鼓我擊筑斗酒
雞燒心曲愁高歌偶當窮途哭當時豈意賤如此道傍偃蹇
避朱紫驕人自昔笑勞人周士安能學秦士只合深山大澤
披髮掉臂閒遊行萬壑松聲滌心耳綠蕚梅千葉杏銀瓶細
挽雙鬟靚中秘書萬言策南朝天子動顏色君所有我所無
君較菀我較枯我不問天天胡爲乎嵩陽玉女峯太華希夷
廬一片月萬古居內芝紅類小兒掌石英紺比千芙蕖食之
天地壽與俱君若能來莫趦趄噫嘻君若能來莫趦趄

老松化石歌

熊耳峰尖太古松化爲老石蒼精龍冰霜皴剝霧冥濛蟲文
禹蹟造化工玉鮮怒裂睇碧空麗然兀立天柱翁一見呼來
黃石公雨苔濕爛鞭神駿赤松子來隨雨風挾爾痛飲昇崆
峒

金陵詩卷三十三終

江甯翁長芬校字

金陵詩徵卷三十四

上元朱緒曾編

明二十四

龔賢

賢字半千，一字柴丈，一字野遺，上元人。施愚山集龔半千像贊：人推詩老，自稱柴丈。名不可逃，俗不可尚。尊酒陶然，筆墨天放。投迹嵒中，寄情霞上。盧雅雨云：半千工畫，愛倣梅花道人筆意，常自寫小照，作掃落葉僧狀，因名所居爲掃葉樓，顛倒用小印二於幀末，而不署名。

登岱

勒馬尋東岱，嵯峨勢獨尊。半空懸日觀，一竇仰天門。氣接荆吳白，雲歸齊魯昏。久虛封禪事，碑碣幸長存。

扁舟

扁舟當曉發沙岸杳然空人語蠻烟外雞鳴海色中短衣曾
去國白首尚飄蓬不讀荆軻傳羞爲一劍雄

半畝園詩

噓嗟少年日識事苦不深自知非通才奚足承華簪一邱養
吾志天空鳴素琴攝生調茗藥戸外多幽尋希壽七十年而
止黔婁衾私謂此薄分蒼公必鑒臨孰知彼蒼者大笑如不
任笑我疲馬足敢具冥鴻心英雄求神仙尚謂思荒淫責我
太狂瞽罰我走嶔嶔覓食不毛地冰霜壞衣襟皮寬止裹骨
鬢焦喉亦喑壯歲始有家兒童已森森避賊還避兵奔騰如
驚禽因而賦歸來莫辨家山岑瓦屋四五間購之將百金餘
地纔半畝新竹乍成陰晨興復偃仰頗畏人事侵饑死不再
出回首皆湯燖今年旱已甚旅遊思甘霖穀價不及騰豈憂

虛釜鬻荷鉏答成功戮力補高吟寄謝交遊人與子別升沈知己越天末歲時遺好音

百苦

百苦不一樂中宵夢忽清有家長作客到老尚謀生牆月背人下野風空自鳴明朝渡江水前路未收兵

清涼寺

聞道清涼寺前朝避暑宮松深三殿綠佛古一燈紅石徑藏幽魅荒苔吟細蟲感懷興廢事坐到日曈曨

贈顧與治

此老稱詩史何人采國風眼開今古際心定亂離中板屋白門舊青袍吾道窮梅花自耕種香雪晝濛濛

燕子磯懷古

斷碣殘碑誰勒銘六朝還見草青青天高風急雁歸塞江迥月明人倚亭慨昔覆亡城已沒到今荒僻路難經春衣溼盡傷心淚贏得漁歌一曲聽

贈友

江南六代風流地白下多年翰墨場古物已無王逸少名人獨剩顧長康量寬嗜酒難逢醉才大論詩莫禁狂急辦青錢買山隱坐聽深樹候鶯簧

將至白門江上晚泊

就泊心無事平看麥隴青遠天屯宿霧寒水滴疏星土俗那須問鄉音喜漸聽新詩吾索汝半夜酒初醒

聞顚逸遊攝山憶之

古殿松杉合空臺翠影中到來無白日坐久怯涼風旣與幽

深會甯悲身世窮攝生同采藥倘遇葛仙翁

與費密登清涼臺

與爾傾杯酒閒登山上臺臺高出城闕一望大江開日入牛羊下天空鴻雁來離宮在何處遍地是蒼苔

江上夜歸

身老愁爲客迢迢返舊京扁舟無處宿中夜趁潮行月落草堂寺烏啼石首城酒醒殘夢斷回顧不勝情

久不得韓呂消息

平生好遊歷此別日偏多嶽寺聽猿住江鄉傍虎過衰羸吾自念疾病爾如何短榻依然在空房鎖薜蘿

胡介再過邗上

相逢知不易一拜淚潸然此地又春草吾生俱暮年囊空出

詩卷廚冷動炊烟者舊今誰在尊前各自憐

訪王賜于淸涼寺

憐君傷寂寞隨雨過靑山古寺有誰到幽扉正未關烟平漲林樾風止辨潺湲虛閣聞鐘罷高僧相對閒

懷山陽子胡子闇子

悔作浪遊人還家多苦辛所交惟數子一別便終身叔夜嬾成癖原生病是貧風烟接淮甸相望即相親

宿山家

託宿山家秋月明主人攜酒榻前傾月斜酒盡主人去一夜惟聞溪水聲

揚州曲

江上誰傳戰鼓來流亡士女鬨如雷月明今晚天街靜十二

城門到曉開

避賊還須先避兵六街雞犬夜無聲粧樓半掩美人盡茉莉花開香滿城

憶剩上人

草露夕微微空城受落暉歲華凋白髮寒色捲緇衣縱有天朝赦知從何處歸吞氈僧不可洗鉢對長饑

石頭城

石頭城外江流清石頭城裏人難行寒風遠圃幾家在白日荒雞一處鳴自昔巳如遭散亂到今猶幸未戈兵老妻故冢得見否歧路空催涕泗横

贈龔叟

疏竹茅堂庇一身鳥聲山色在幽隣賦詩到老無他想屈指

如君能幾人野飯可留新至客村醪時欵未歸春生前再到
承平世病骨支離終隱淪

擬歸來

故業亂餘在逃亡十載還江平黃葉樹日落白門山食菜貧
能壽燔書老更閒何曾甚聾瞽家計不相關

宿盧氏山莊

楊柳迷沙逕莓苔上板橋雨催羣烏散烟剩一亭遥買酒指
村姓尋鮮問海潮主人眞愛客門外宿輕橈

浦子口飲守將趙鼎鉉家

江橫浦子口飛渡笑談閒到岸轉無樹入城渾是山故人爲
府帥高馬領秋閒醉倒菊花酒月明殊未還

夏夜寒

南方炎熱甚淸絶愛吾廬烟白岸無樹月晴溪上魚幾年從傲慢衆口罷吹嘘破衲匡牀在支持酒力餘

安豐吳高士

魯連蹈東海千載慕其人此日吳高士風流是後身窮荒難久處浩蕩實相鄰晚坐衡門下欣無戰伐塵

病起示鐸壁先生

人生海上波起立能幾時波滅還復起而我安得知古人惜寸陰此念兢兢爲安期度千歲何異襁中兒子淵實早夭于今宏聲施勗哉羅先生平居愼所思着屐踐苔草空堂雲四垂宵深炙明月高坐調冰絲一息足優游大運從終馳

乙竹詩

呂望嘗釣魚樊噲曾屠狗英雄處田間時命多不偶所以柴

桑翁但飲柴桑酒吾儕眞小人畏熱如焚首新買山下宅荒園纔半畝不敢種青松松前人易朽願移竹數竿急掩貧家醜今夜風雨聲忽然生戶牖誰能割清陰郵書問鄰叟

贈齊高士

守此一叢蘭戶外無所營朝見白花吐暮見碧草生如此三千年無人與汝爭

余懷

懷字澹心一字無懷又字廣霞號曼翁自稱鬘持老人江甯人莆田籍有味外軒稾研山草堂詩樣曼翁集板橋雜記漁洋詩話余澹心居建康常賦金陵懷古詩不減劉賓客順治辛丑寄予廣陵余答詩云千載秦淮水東流繞舊京江南戎馬後愁殺庾蘭成鍾阜蔣侯祠青溪江令宅傳得石城詩腸斷蕪城客

徐釚本事詩澹心留寓南中徵歌選曲儼如少俊梅村贈詩有石子岡頭聞奏伎瓦官閣下看盤馬過江風流應復推爲領袖

余澹心江山集平生蕭瑟集虞山錢牧齋序吳郡葉襄序余自序三吳遊覽志吳駿公序楓江酒船詩姜如楨序梅花詩自序秋雪詞玉琴齋詞

拜于忠肅公墳

今古錢塘割昏曉江潮怒嚙英雄老松柏森森北斗低忠臣塚上無啼鳥隔湖月照鄂王墳淚灑兩朝冤少保憶昔景泰年間事隻手扶天助天討司馬門前鐵騎寒居庸城外欃槍掃誰知徐石爭奪門南内鐘鳴還大寶碧血淋漓濺西市青山白骨埋烟草靈旗晝展鼉鼓喧遺殿嵬峩萬花繞山鬼一腳不敢出始信忠魂獨縹緲我來拜公公豈知孤舟落日西陵道杜鵑叫罷行人稀銀濤白馬歸華表

褚河南書枯樹賦歌

涼飈颭颭山鳥呼丹青滿堂招酒徒烟黄露白木葉下芙蓉晝泣三千珠主人好客思芳草金鐙玉案供潦倒溯海風塵濁酒杯江南楊柳新亭道昨夜楓林叫鳳凰朱簾宛轉明月光庭梧欲作瀟湘雨巖桂先催建業霜聞道鮫胎瀉秋水寸絲尺絹雲霞起就中一卷索題詩六朝詞賦初唐字平生蕭瑟庾子山婆娑枯樹動江關樹猶如此嗟何及繁絃急管天應泣臨池者誰褚潭州詰倔瘦健拔老湫銀鈎鐵畫更嫵媚行間自帶英雄氣當時歐虞八法工文皇睿賞君臣同豈知牝晨亂天紀鬚眉竟向蠻烟徙好書此賦十餘本漢南摇落增欷歔古人氣韻今人得咨嗟坐卧忘頭白今宵沈醉太常齋飛箋擘軸皆奇才嗟余坎壈同溝壑十年夢到屏風廟哀

歌夜半風雨來悽愴江潭淚雙落

由畫溪經三箬至合溪

畫舫隨風入畫溪秋高天闊五峯低綠蘿僧院孤烟外紅樹人家小閣西箬水長清魚可數箬山將盡鳥空啼桃源不是無尋處楓葉紛紛路轉迷

行到水窮雲又生谿橋重疊縠紋平荻蘆風起飄漁網桑柘影稀聞犬聲樹杪船歸山市散灘頭砧急夜燈明綠蓑青篛閒來往最喜無人問姓名

和楊炯伯見贈

種瓜何地是青門愁見濛濛八表昏芳草故都春閉戶落花寒食夜開樽荒雞鳴處誰能舞舊燕來時我尚存雨後不知山徑滑遲君雙屐印苔痕

帝王廟

帝王將相一杯酒落葉啼烏霜滿檐祠廟英靈今在否鷓鴣飛去月纖纖

上巳雨中看花作

棠花開盡又梨花燕子春波蹴尾斜何處繡簾彈錦瑟美人寒食又天涯

雨中集飲周忠介公蓼庵與如須懷舊作

雲旗一片遶西臺鐵笛橫吹第幾回茂苑花開堪過日寒山鐘斷好銜盃雄心視轍收三敗老淚衝河賦九哀悵望美人臨北渚自騎天馬渡江來

贈曹秋嶽

野田漠漠楊花飛老我孤雲無所依漂麥自傷爲學苦割氈

莫歎知音稀吳宮秋井舊深淺漢苑春風今是非一笠一瓢可憐予櫻桃已紅何不歸

和阮亭冶春詩

銀柱琵琶鐵笛仙茂林修竹聚羣賢幡飛鳳子東風軟汴水西流二十年

遠遊詩

衡嶽閒遊遇懶殘至今煨芋未曾餐山人何事輕衣紫笑絕桐江一釣竿

紛紛花柳映沙隄豈有千金購馬蹄痛哭江陵張相國孤墳猶在洞庭西

一杯江水謝東山賭墅蕭蕭渾是閒莫怪老僧頻捉鼻也曾談笑到人間

金陵雜感

六朝佳麗晚烟浮擘阮彈箏上酒樓小扇畫鸞乘霧去輕帆帶雨入江流山中夢冷依宏景湖畔歌殘倚莫愁吳殿金釵梁院鼓楊花燕子共悠悠

吳門雜感

搔首紅闌七十橋鬬雞陂下草蕭蕭無端醉擊雷門鼓潛向花陰哭海潮

茂苑樓臺接五湖蓴絲菱片野雲孤烟波一櫂鴟夷子閒對西施話沼吳

無題

紅蘿亭下寫蛾眉憔悴江南劉禯詞依舊西園綠蝴蝶春風吹上木蘭枝

宣德窯脂粉箱歌爲萊陽姜仲子作

宣皇垂拱天下甯海晏河清休甲兵宮中雲門徹天響端冕凝旒俯鳳城君臣翰墨灑日月萬里山川朝帝京黄門紫禁烟花繞鐵馬銅龍轆轤曉宸筆曾圖鞲上鷹兼工藻荇添魚鳥小爐精製金盤固匹紙流光玉膚好御墨驚看絶世無剔紅廠盒雕鏤巧成都官扇展琉璃景德磁盆嵌珠寶官哥定汝皆名窰才人捧出盛仙桃天顔一笑愛美器咨爾司空鎮上饒一瓶一盌勝拱璧瑩白縹青映碧霄禽荒色荒俱有戒別館離宮無粉黛我觀此箱形象奇玲瓏閣道鬱浮翠問名名曰脂粉箱金溝清泚銀花碎點雪宸遊五柞宮塗朱夜入雙蛾隊姜郎嗜古多收藏此箱價重兼金買自從海內風塵昏矢流王屋妖星孛奇珍半化赤土灰瓌寶全歸黑山帥殘

脂剩粉滿長安斷研零琴市兒賣此箱完好手未觸獸錦囊包須韞櫝想見當年郅盛時上陽白髮蒙湯沐水嬉宴罷宴頭鶩六宮同享昇平福二百餘年時事變舞馬空嘶杜鵑哭野老何爲拜茂陵愁唱霓裳羽衣曲君不見柏梁高臺承露盤金銅仙人淚如瀉又不見灌嬰將軍祠上瓦一寸黃金土同價葯房藝圃比清閟玉軸牙籤鄴侯架秋水一池環草堂松風謖謖披東牆哀時覽物三歎息請看宣窯脂粉箱

客茗溪寄贈錢季木兼懷炯伯致果二子

浮家泛宅水雲鄉一釣煙波入渺茫回首故宮春樹下關心舊事酒罏傍眼穿落日人何在淚灑寒灰客自傷羡爾芳郊共攜手城南城北看花忙

痛飲狂歌一世中阮生空復嘆途窮閒隨春水溶溶綠老伴

梅花灩灩紅欲學丹霞燒木佛莫憑青史問英雄桃根桃葉依然渡忽漫相逢是醉翁

失題三首

秋水芙蓉漲小灣石樓高枕對青山啼猿唳鶴驚殘夢明月滿窗松磬閒

山阨溪流水勢低葉堆荒磵路全迷翠微深處人家在半壑白雲鳴午雞

西風水國葉黃多昨夜星稀霜滿河惟有幽人閒步屧晚隨歸鳥入烟蘿

贈秋浦劉輿父

辛苦驅車到舊京臨風攬涕說平生身當戰鬬空存骨家爲饑寒已廢耕何日涉江搴杜若有人閉戸種蕪菁暮雲羌笛

長干寺臥聽秋堂蟋蟀聲

同劉旅皇阻雨三宿巖

風刪殘葉亂潮音愁聽烏啼月色深杯酒乍逢惟我輩江山如舊愧登臨疏鐘隔樹傳僧火野笴穿雲老客心爲問當年三宿處漁樵說罷淚沾襟

送别剩上人還羅浮

萬里孤雲返故關一帆春草渡江灣幾年浪迹干戈裏何處藏身瓢笠間愁聽笳聲吹白日苦留詩卷伴青山羅浮此去非吾土須把蓬茅手自删

題高澹游寫贈巢民移家江南圖

千里江濤一舸遲移家正及小春時文章久被虚名誤意氣惟憑我輩知自有琴尊傳北海豈無佳麗敵西施梅花幾樹

垂垂發東閣應催白雪詩

我作梁鴻已十年君來同買洞庭船當時黨禍悲攜手此日風流愧比肩幸築浣花居杜甫好留銀漢待張騫鄭公嵰通德門相近搔首城南尺五天

和肯堂韻贈巢民

百年風雨聚金閶遊子相看兩鬢霜白馬淸流成隔世黃雞濁酒醉他鄉留賓自割東西宅對客何分上下牀幸有故人供祿米不須道士學休糧

尋常巷陌往來頻竹杖芒鞋懶是眞世許陶潛爲隱士天留張儉作陳人松巖風細穿花影柳岸春回染麴塵四海干戈猶未息老年兄弟更相親

戊午元旦墨禪菴試筆

早試春城雪片天衣香初過小樓前情知白髮禁人事剩欲青山卻世緣兒女未忘猶作戲英雄無用合參禪南窗許寄平生傲己傲當時六十年

海內揚塵苦戰爭閉門高臥省逢迎百年强半睡未足五岳胸中氣不平柏葉浮杯傷老大梅花插鬢睨公卿金陵宅內千竿竹遥聽書聲和雨聲長兒賓碩讀書萬竹園

洗硯圖歌贈王石谷

琴川王郎好身手揮毫欲逼黃子久偶然躡屐來雨中鎖門不許披衣走堂上高懸洗硯圖長眉瘦頰桐衫孤叟江顧子寫阿堵丹青妙蹟留東吳須臾王郎踏秋草怪底烟雲圍野老茂樹槎枒似董源流泉飛瀑傳荆浩蒙茸細篠夾幽蹊白石蒼苔阻杖藜縱有紅塵何處着夢魂常在西山西我有畫

癖兼癡癖邉胸决眥雙眼白依稀疑是畫中人日日科頭看空碧

酬姚仙期

別來無夢到家園衰草斜陽醉玉敦萬里冬青啼杜宇幾年秋水泣東昏江湖僧臘寒歸寺雨雪人家夜閉門莫嘆相逢毛髮改荒雞猶自叫劉琨

遊憩南屏淨寺

小雨催孤棹湖南別有天幾家臨水住一墖倚山懸聲出花邊磬香流石上泉絺衣渾欲冷高屐破雲烟

星帶草堂歌

草堂爲吾友謚僧吳君著書之所甲申季春曾一過焉命酒賦詩留連竟夕今年再過令子叔向虎文同人及其猶子巨手布席行觴不勝山陽懷舊之感

秋涇橋下東流水年年動地悲風起孤鴻飛度草堂寒一片明霞暮山紫憶昔甲申三月中我來落拓游春風故人留我夜抵足疏燈熖續桃花紅扁舟方繫門前柳餞君欲向江東走青草茫茫蕩子心少年意氣垂雙手臨歧黽勉留須臾見我巢中三鳳雛阿咸英姿更奇特草堂照耀驚天吳木蘭之檝波浩浩單衫急槳山陰道忽聽越市子規啼已知王屋崑尤掃空流老淚泣重華千里催歸似喪家愁對鴛鴦湖上月與君隔絕天之涯梁臺陳殿蘼蕪綠後庭唱澈烏孫曲楚囚胡服雙鬢彫銅龍鐵馬天山哭聞君只采首陽薇籬下虛生幾叢菊麥秀歌從土室哀黍離痛絕周原卜哲人云亡日影移求秦復楚知何時神仙富貴兩難得漸離擊筑爲君悲君之季子來白下麻衣露肘哀音瀉媿我家無儋石儲未能日

日傾三雅契闊又經三四秋今歲重游湖水頭殘鐘敗葉西泠路咫尺相望元龍樓是時偕行有仲氏珠林玉樹枝相樛舅氏高士吳巨手對我炯炯凝雙眸風塵如此亦何損男兒悔不封公侯我還卧病天甯寺桂花香發烏皮几伯氏仲氏偕季來翩翩過我披芳芷又復招我坐草堂宴時促具兼行觴汨溼橫牀思謝眺心傷舊笛悲嵇康楊柳可能容此傲竹林益復知予狂銷魂落魄念知己泫然淚下沾衣裳三子努力各自策草堂依舊生顏色玉鑒冰壺照秀州尊前醉殺山陽客

送錢季水之武昌

貧賤方知別更苦亂離真覺此身難丈夫長揖出門去幾處孤城駐馬看楚水落花官舍迴吳山新月草堂寒愁來若憶

諸兄弟好把雙魚託釣竿

題宮紫元春雨草堂圖

流水孤村第幾橋一亭春草雨蕭蕭尊開北海遲新月船過西湖帶晚潮人爲窮愁多著作地因征戰罷漁樵杜蘅芳芷繚天末鶴放孤山不用招

贈黃坤五宮詹

東村寂寞老漁樵曾把文章謁孝標馬廐秋風嘶海月龍門夜雨泛江潮十年鼙鼓聲方暗六代樓臺恨未消幸有故鄉先達在每從花塢聽簫韶

雨中過胡君偓山居

誅茅編棘百花前春水寒聲溜澗泉竹杖撥開三徑草芒鞋踏破一溪烟笋蘆雨後堪供客雞犬雲中亦帶僊釀熟暫將

巾漉酒醉來同上釣魚船

渡曹娥江宿迴龍庵

雲濤秋漲涌山根牛背銜寒古寺門烏桕丹楓臨水岸白沙
翠竹遶江村禪關暮掩霜生榻茅舍秋清菊滿軒坐待老僧
煨芋熟夜深無語聽啼猿
江月江花絕可憐登樓一望豁江天乘潮適去三千里作客
重來二十年黃絹有碑傳孝女丹砂何處覓神仙不妨山鬼
吹燈滅曉霧沾衣又櫂船

李南

南本姓徐應天人中山王裔官指揮明亡改姓李字
逸度自稱遂初老人遁居杭州有楚歸吟村居漫興
梅花二百詠北山詩話李逸度偕崑山李氏子同竄因變姓李來南故名南疾革時子嘉錫

跪請其原名瞋目叱之居錢塘沙河塘染師可齋賣藥自給卒年八十五

咏梅乙丑春日作

江右有羈客逢梅只獨尋歲時終夜淚風雨故鄉心珠影含香足璘光入院深一枝空折取髮禿不勝簪

趙士林

士林字以卿高淳庠生明亡力戰死之以卿立信鄉人慷慨尚節義仗策思見史閣部獻將畧時揚州已失回走金陵不得入復歸鄉里遇大兵於費家嘴挺長鑱力鬬而死月餘神色如生邢昉哭以詩又吳洪字拱之銀林人明末爲水標營副將巡江上聞簫鼓聲鉤得廢船板以爲神物剖雜衆木中以造戰艑　大兵渡江洪艑方鼓棹忽陰風四作盡墮江流洪僅以身免

悲歌

烟塵澒洞兮國無人志士灑血兮湛其身儒冠不誤兮從先民

季　熙

熙字瑞臣上元庠生方望溪季瑞臣墓表云先生明季諸生教授里巷間卒年七十有五有子咸若與余為兄弟交庚午春余弟椒塗卒疾革余體氣忽變常先君子命避居野寺咸若有弟早夭與余相憐也招至其家館余于門側小室而先生授經南堂家無僕婢傭農家子未成童每質明起視童子掃除室堂庭階捧盥設醃粥頃問學子至受業以次薄暮移坐階下延客語咸若授徒歸進果蔬酒漿漏鼓移乃罷先生于書無不究覽尤深于易數而未嘗與人言嘗以思子詩視先君子然後知所得於詩亦有過人者楊先生鹿園金陵奇士也於時人概不快意獨與先生為寂寞交先生寡語言終日溫溫獨時與楊先生扶杖矯首郊野則劇飲縱談大樂或樂未畢而繼之以哀

偕楊鹿園郊外縱步

荒原蔓草不知春高冢凄涼鬼作隣野鳥有時堪共語故交幾載半為塵莫將失意悲今日且辦浮生哭古人似我與君眞怪絕狂來那顧俗情嗔

宋夢駿

夢駿金陵人

張麗華祠

六朝春夢柳如絲惆悵青溪暮雨時一樣美人能殉國如何
不立玉兒祠

王孟瑛

孟瑛字吉修上元人有玉華堂稿

赤山湖玩月

涼風吹菰蒲月出赤山頂一水白到天不見全湖影上下混
相連清光搖萬頃老漁靜不眠孤雁終宵警茅屋幽人吟聲
入空明境

李元素

元素字无垢南京太醫院籍爲醫士明亡隱於浙北山

詩話李无垢宏光時隸太醫院後隱嘉興梅會里復移萍橋舍著本草經多發新義論吉貝子不宜久服甚詳秀水朱彝尊妻馬病熱羣醫束手无垢投以藥越宿而愈主中饋如故彝尊爲之作傳

題沈逸眞晚娛樓

飛樓百尺動山光叢桂芳蘭晚愈香月色如心偏皎皎雲痕拂鬢半蒼蒼尋常自在長生地難禁人求不死方漫道杜門容易事一般女子識韓康

沈開雲

開雲字世開乾陽子應天庠生著雲岫集延清室稿

世開古詩宗六朝近體似才調集爲人伉直重氣不肯屑屑干人

秦淮

話到南朝事消魂子夜歌一簾花雨透雙槳柳風多綺麗空

殘夢豪華委逝波鍾山青不改相對奈愁何

王鏤鼎

鏤鼎金陵人金陵陳莞選明代耆舊詩分體纂要輯名竹窗彙集凡數十冊手衲藏冶城太乙泉祠久而散佚余僅得五律一冊作者許穀李言恭李宗城卜豫吉卜履吉李佺蔣煜王鏤鼎錢匯也蓋百分之一耳

早發

背郭看星曙離情乍入愁牽心託行李回首問蒼頭遠翠林梢靄新黃麥穗秋曉風生衆竅松韻雜溪流

陳莞

莞字笑軒上元人

山齋

滿屋晴嵐翠襲裾豆瓜棚下一椽餘午烟不起鄰雞𠮷破硯

磨穿白寫書

孟　登

登字從善金陵人

訪鄒滿字不值

豈必雲一壑豈必水一方高者矜市隱亦云隱朝堂鄒子俱不屑斗室自鉏荒軒前纔數武徑取曲曲篁小閣藤蘿護短籬侵野塘荷香襲柳蔭宛然城南莊東隣接僧舍清梵沁肺腸此間洵有異高尚臥羲皇豚門稚子喜聲影疑在牀呼之竟不出得無驚以翔躑躅桃源路再問津或忘

蔣　煜

煜字羽公江甯人有青山集閱自寅云羽公飲不半斗好呼五石樽律多爲从韻趙雪六贈詩云非酒有酒意是詩出詩格兩者皆超超其趣各奇僻

屏居

才稱七步詩名借三都序甘予鼴鼠窮置彼鴻鵠舉促促牖中窺規規紙上語得失衆所迷千古寸心許四壁冐秋容憮然吊形影蟲雕白雪殘月墜靑氊冷客說不投秦里歌偏入郢美人方靚妝羞爲舊顏整

業　維

維字思軒江甯學生世居横山

登横山望丹陽湖

六朝宮殿草茫茫每到登高望眼傷此地不隨吳晉改一天殘照漢丹陽

甘元鼎

元鼎字公調江甯籍移居豐城歲貢崇禎癸未任孝

豐知縣愛民課士政教一新著有深柳堂文集甲申聞變即慟哭自經家人救之隨棄官之金陵不知所終

孝豐道中修竹夾道淇水萬竿渭陽千畝大相彷彿

川原五十里修竹半其間眉際藹漪度衣偏紫翠刪結亭宜就水望氣似臨關錢穀勞勞吏經茲倍靦顏

王錫襟

錫襟字可函高淳庠生有亦可堂集孫傑康熙戊辰進士

石臼湖

天闊低垂岸迷茫楚尾銜波平眞似鏡舟小不須帆曉日籠烟樹微風吹野衫蘆中深隱隱定有士非凡

林登儁

登儁江浦人崇禎中守城有功授通判明亡以隱終同邑吳夢極字星卿官翰林待詔亦能詩明亡挈其子隱於桃花潭之南山

瓜步

茅簷荻岸簇人烟瓜步潮生遠接天南望棲霞好山色十年不上渡江船

孫越

越字凝之高淳庠生凝之父維明字克晟庠生著易學統此二十卷未就凝之續成之明亡隱居教讀足不入城縣令崔正誼聞其高風投刺就見踰垣遁去年八十餘卒

登石頭城

大江環似帶天險帝王家虎踞猶嵌石龍灣半擁沙壯心懷擊檝暮色聽吹笳太息清談誤難忘晉永嘉

湯之典

之典字幼常高淳人以隱終

訪邢孟貞

石臼有高士衡門不翦茨安貧因見節忍死爲吟詩倚杖斜陽外騎驢落葉時嗟余同此癖不與世推移

湯之孫

之孫字彥仍高淳庠生

金陵春望

回首鍾山夕照空六朝春夢鳥聲中樂遊苑北臺城路一片殘花委地紅

周掌文

掌文字澤宮上元庠生以隱終同邑顏宗孔字希之一字且庵有百花詩

南郊尋張典公

翛然胥次謝塵緣卜築南郊寄短椽六代山川供說夢一家父子總逃禪著書不使投時眼砥行何曾讓古賢晴日可尋沽酒路約君同挂杖頭錢

張士駉

士駉字次隨句容庠生以隱終舉鄉飲大賓年八十一

山居

松畈遥連苦竹谿遊人聊復愛巖棲門前流水和心遠簷下秋花與案齊覆局棋猶思黑白遊山屐不擇高低甜鄉夢醒無餘事但聽鄰家夜半雞

王明科

明科字斐卿高淳庠生以隱終

過秀山

飽得看山眼嵐光映碧天野橋支斷木溪雨漲平田牧嬾猶吹笛僧愚不解禪仙蹤殊縹緲石蘚字誰鐫

夏衷愷

衷愷字威如高淳庠生以隱終有强裁草威如三子長鈜次一助少賦臣俱有聲庠序

湖上晤沈壽民邢孟貞吴弗如

湖上山横雨後青吾徒相見慰飄零西風不老英雄血北極常依處士星搔首烽烟雙短鬢側身天地一浮萍酒酣斫地歌聲壯驚起魚龍浪裏聽

秦濂

濂字文水上元人有無夢吟崇禎丁丑自序云近世詩文不從古聖賢書籍

中沉酣鉤索詭欲上至碧落幽入重泉往而之化人之居耽耽逐逐思以難致之物僥倖一擲此妖狐山魈耳其論蓋為鍾譚而發

兩日同梅謏聞徐綬旃游燕陰

與君共泛宛陵舟載酒看山劇勝游兩岸花飛如颺雪一天雨過似新秋雲光斜隱山頭寺樹色平侵江上樓淸興幾朝乘未盡何須返棹賦離愁

初夏山中

夏日初長睡起遲山前嘉樹影參差新開竹徑披雲入舊買花苗趁雨移懶性自知同野鹿壯心原不愛文犧桃谿此日眞堪隱早理竿頭細釣絲

梁之憲

之憲字爾礪端肅公材之五世孫上元庠生王丹麓今世說

姜子翁被難繫獄顧與治力營救不能出除夕遺甥梁爾礪同囚守歲久始得雪梁亦慷慨有至性多類與治姜名鶴儕鎮江人按爾礪父貧生力學有文名早卒母顧氏顧與治女爾礪乃外孫王丹麓以爲甥誤矣

宮詞

半輪露月照長門夢裏傳呼接至尊竹葉滿街車不過深宮何處最承恩

吳䣛

䣛字眾香江甯人眾香居城南委巷舉文社於天界寺集者近百人拈題二首未午而罷設飲於寺之丹墀刻劉蛻孫樵皇甫湜文行世黃宗羲別眾香詩有云一榻藏書君寂寞半年旅邸我糊塗見梨洲思舊錄

天界寺

暇日延詩客相將郭外游鶯花皆地主山水稱清流莫謂貧

無病須知樂在憂吾生眞自得名理眼前求

程希孔

希孔字望尼一字踽庵江甯人望尼自簡云自家座上終日無客是客賤我也人家座上終日有我是我自賤也故客至不卽候門客去不嘗閉戶求免于賤豈可得哉

齋中

茅齋積雨動經旬仰屋空餘兀坐身囊底餘詩能敵富尊中有酒可澆貧無情白髮誰逃劫有味青燈尙戀人往事尋思都夢幻此身難報是君親

閔仲儼

仲儼字中畏金陵人居保山俞冉有東園詩俞塞字吾體有登鳳凰臺詩亦金陵人

寄答蕭五雲孝廉

駿馬燕市如屯雲流星飛電誰遜羣程才海內羅國寶得子
天南張吾軍愁病別來但支骨風烟隔遠疏論文荒圝伏枕
寂無事空谷跫然何處聞

朱實鍠

實鍠金陵人齊王十世裔孫

天闕

鐘聲催入野烟微林際陰陰鳥倦飛洞口白雲慵不掃滿山
黃葉一僧歸

王楫

楫字汾仲一字江樓自黟縣遷居金陵遂爲上元人
築江樓閣高吟其上有江樓閣集

立秋後小雨初霽

曳杖行吟徧柴門空復還月誰留夜榻人自在秋山貧久添新債愁多損舊顏當時攜手處苔蘚已成斑

感秋

藜牀藥裹自支吾靖節先生酒一壺只有烟霞供日課更無桑柘納秋租入宵蟋蟀分吟席挂月藤蘿當畫圖聞道山南多舊隱欲從嵒壑問樵夫

場圃初登鵞鴨肥槿編籬落竹編扉花間餉客菱爲飯野外騎人荷作衣疏雨一簑歸牧豎澹烟雙槳出苔磯浮生未有棲遲計空向林巖悟息機

送同學徐允文明經還饒州

憐君歸棹過鄱湖一望匡山盡畫圖新贈湘蘭和露種舊栽庭樹已雲扶愴懷驛路鳴雞早回首江天落雁孤從此客愁

深夜裏每過別業幾躊躇

咏懷

茫無歸宿處終日逐流塵逝水悲前事零星嘆後人荒雞愁裏曉鄉樹望中春修阻關河路經年絕羽鱗

秋登浦子城

山郭秋將半登臨正夕陽亂鴉鳴驛樹疏磬出僧房旅宿仍孤館歸心繫一航欲知風信轉浦口問漁郎

陳璿

璿字敬王一字石鯨上元庠生北山詩話陳石鯨方正坦白議論根極理要明亡隱居攝山之衡陽村草冠野服蕭然自得卒年八十有六門人吳敬昆以詩哭之

衡陽村自詠

最愛村居僻衡陽小結茨花開頻入寺耕罷忽成詩夜雨貿

當徑秋風薛荔帷南朝多少恨不看總持碑

周蓼卹

蓼卹字貞萋一字苦蟲又字骨山明末自江夏移居金陵遂爲上元人性崛强以氣淩人草衣芒履歌詠於市居無門戶僅開一竇容身出入室中以藁鋪地書籍縱横著述甚富皆敗牘殘楮莫可收拾

秦淮竹枝詞

崑腔幽細氣氤氳豪飲人多面不醺水榭近來張酒席橋頭門上戲平分弋陽子弟寓水西門呼爲門上蘇伶寓淮清橋呼爲橋頭

北絃南管不同鄉今日吹彈共一塲若問清溪波上影梨園還是昔時裝

板橋不比石橋堅古渡長虹又煥然利涉新剏石橋麗甚今日眞堪不

用檝爲郎一試雙行纏

秋懷

連枝迢遞咽銅壺驅使殘年乏木奴廷尉在前能擊缶王孫以後但吹竽寥寥落葉催黔首歲歲空華老絳趺事去人間猶有淚蕭條羸殿死窮圖

陳周

周字二游金陵人明季避兵石山遂終身不出嘗還孤甥田不責贖鏹留人去婦周恤姻族鄉里化之郡守張薦宏博力辭有三才象測力耕堂集

老樹詩

城北老樹何朝生危柯曲幹紛支撐霜侵雪剝不改色興亡飽閱時歲更扶疏欲與霄漢逼浮雲掩映殊欹傾晨風夜月

守其樸豔陽不與凡卉爭燕雀側塞未敢近鵬飛鵠徙雲英英幾更甲第滄桑換樵爨勿敢窺荆榛天然野性薄桃李養就森森王國楨一朝大匠施墨繩榱楹梲樀卑其名惟有老樹無所用荒郊綠蔭行人行老樹老樹結根久坐臥其下一相叩歲寒已信甘爲友詩人肯入佳題否

芮城

城一名長恤字巖尹一字蒿子高淳諸生

贈廣陵施念山

鴟梟飽腐鼠鳳凰饑竹實取舍分明殊何爲計得失世人乃不密紛紛競口舌涇流與渭流淸濁詎能識

王民

民字式之一名度字玉式江甯人官中書工書年八

十餘隱於朝天宮院

虎邱

春汲家家靜羈人慨百端立身孤隼共歸棹楚莽繁傲舌誰能覩殘棋不用完升沉付流水無恙獨漁竿

葉士奇

士奇字蘊奇江甯人蘊奇父鑒可爲張紫淀婿生蘊奇少善射無不中立志不娶爲弟授室思欲勦賊立功既而捨去學醫居南郊病中朗誦云半生多負趨庭訓死後方知萬事非而逝其從母舅張白雲爲作傳同時夏羽王曾爲周王世子師晚隱南郊芙蓉山年八十四卒有詩一卷纂集遺詩遺史

病中口占

讀書學何事賴此百年身況是雙親老支離倍愴神

徐　研

研字季采江甯廩生有一林居士集季采與兄必登推一讀書山寺志於寒暑雖家或嘉會作樂未嘗歸也兄弟文行表著一時季采爲江甯楊邑侯所重期以遠到久之不遇作秀才歎一篇以自嘲既而時事日非遂焉高舉構數椽於南郊古芙蓉山南種竹蒔花齋曰且宜自著曰一林居士詠詩飲酒詩古文辭著述甚富年七十五卒子大捷蒐輯與推一集合傳孫時鳴亦列庠生康熙癸巳貢

另有一徐研

感懷

小築茅齋結構新芙蓉山下寄閒身偶然曳杖聽鶯路恰遇尋花載酒人三策誰酬千古志六經但買百年貧解嘲浪費楊雲筆醉倒籬邊爛漫春

陳司勛

司勛字元白金陵人

送陳六處歸里省墓

浮雲薇白日江草送君歸見說落花盡能令子道逵當年埋骨易此日薦新稀路出鍾山下園陵事已非

劍西山人

山人失其名時有丐明亡賦詩云三百年來養士朝如何文武盡皆逃綱常留在卑田院乞丐羞存命一條旋投大中橋而死詩不工而其人可哀故附于此

遊華陽玉柱洞見笪蟾光茅山志

尋眞漸入蓬萊島一道金光爛瑤草石洞仙人今有無洞戶陰晴自昏曉予亦涼涼厭世氛欲尋丹訣問茅君投身未卜他生到此日依依洞口雲

鍾山野老

野老失其名時靈谷寺壁上九日詩云風雨蕭蕭戶未開忽聞鄰叟負薪回自言今歲登高便曾上鍾山絕頂來亦金陵人題

風香閣

風香高閣倚層厓一老扶笻下蘚階獵火夜來驚鹿過松根
拾得舊銀牌

金陵詩徵卷三十四終　　上元羅運經校字

金陵詩徵卷三十五 寓賢一

上元朱緒曾編

唐

李白

白字太白隴西成紀人涼武昭王裔遷於蜀父爲任城尉因家山東開元中待詔翰林學士天寶末避亂家於金陵築治城園遭永王璘之累流夜郎赦歸仍家金陵醉投於采石江有太白集三十卷唐書有傳

太白上裴長史書白家世金陵明胡應麟力辨其僞然武諤致伯禽於魯女亦嫁青山農家非復山東人矣采石捉月將歸骨於蜀何郡魯何地乎

勞勞亭歌 在江甯縣南十五里古送別之所一名臨滄觀

金陵勞勞送客堂蔓草離離生道旁古情不盡東流水此地

悲風愁白楊我乘素舸同康樂朗詠淸川飛夜霜昔聞牛渚吟五章今來何謝袁家郎苦竹寒聲動秋月獨宿空簾歸夢長

金陵城西樓月下吟

金陵夜寂涼風發獨上高樓望吳越白雲映水搖空城白露垂珠滴秋月月下沈吟久不歸古來相接眼中稀解道澄江淨如練令人長憶謝元暉

金陵歌送別范宣

石頭巉巖如虎踞淩波欲過滄江去鍾山龍盤走勢來秀色橫分歷陽樹四十餘帝三百秋功名事跡隨東流白馬小兒誰家子太淸之歲來關囚金陵昔時何壯哉席卷英豪天下來冠蓋散爲烟霧盡金輿玉座成寒灰扣劒悲吟空咄嗟梁

陳白骨亂如麻天子能沈景陽井誰歌玉樹後庭花此地傷心不能道目下離離長春草送爾長江萬里心他年來訪南山老

金陵酒肆留别

風吹柳花滿店香吳姬壓酒喚客嘗金陵子弟來相送欲行不行各盡觴請君試問東流水别意與之誰短長

金陵三首　録二

地擁金陵勢城回江水流當時百萬户夾道起朱樓亡國生春草離宫没古邱空餘後湖月波上對江洲

六代興亡國三杯爲爾歌苑方秦地少山似洛陽多古殿吳花草深宫晉綺羅併隨人事滅東逝與滄波

崔宗之

宗之名成輔以字行日用之子襲封齊國公歷左司
郎中侍御史謫官金陵居石頭城李白有翫月城西孫楚酒樓棹歌秦淮往石頭訪崔四侍御詩

贈李十二白

涼風八九月白露滿空庭耿耿意不暢捎捎風葉聲思見雄
俊士共話古今情李侯忽來儀把袂苦不早清論既抵掌元
談多絕倒分明楚漢事歷歷王霸道憺囊無俗物訪古千里
餘袖有匕首劍懷中茂陵書雙眸光照人詞賦淩子虛酌酒
絃素琴霜氣正凝潔平生心中事今日爲君說我家有別業
寄在嵩之陽明月出高岑清谿澄素光雲散窗戶淨風吹松
桂香子若同斯遊千載不相忘

崔成甫

成甫宗之之弟官校書郎再尉關輔貶湘陰

贈李十二白

我是瀟湘放逐臣君辭明主漢江濱天外常求太白老金陵捉得酒仙人

韋渠牟

渠牟京兆萬年籍隱於鍾山韓滉表試校書郎終太常卿贈刑部尚書詩集十卷奏修貞元新集開元後禮二十卷唐書有傳權德輿文公集韋公墓誌銘云年十一賦銅爵臺絕句右拾遺李白授以古樂府之學未弱冠博極今古傳心印之法於金陵授谷神之道於華陽或為塵外人或為遺名子雅為晉國韓公魯國顏公之所薦寵又多言其神奇之跡子博古近古按渠牟不終於隱近志乘訛作韋牟不得其始末載入隱逸甚非

覽外甥盧綸詩因以示此

衛玠清談性最强明時獨拜正員郎鬬心珠玉曾無價滿手瓊瑤更有光謀略久參花府盛才名常帶粉闈香終期內殿聯詩句共汝朝天會柏梁

司馬承禎

承禎字子微河內人好學工篆隸居天台紫霄峰則天睿宗明皇累召問道術後居茅山卒贈正一先生唐書有傳金陵新志云唐有潘師正司馬承禎吳筠李含光隱茅山宋有朱自英劉混康皆遇知世主自魏元君以道術傳楊羲由許穆陸修靜陶宏景以下皆名茅山宗師今四十六傳見茅山志

答宋之問

時既暮兮節欲春山林寂兮懷幽人登奇峰兮望白雲悵緬邈兮象欲紛白雲悠悠去不返寒風颼颼吹日晚不見其人誰與言歸坐彈琴思逾遠

吳筠

筠字貞節華陰人舉進士不第去入嵩山爲道士明
皇聞其名遣使徵至待詔翰林天寶中堅求還山尋
入茅山又隱剡中卒弟子私謚爲宗元先生集十卷
唐書有傳

建業懷古

炎精既失御宇內爲三分吳王霸荆越建都長江濱爰資股肱力以靜淮海民魏后欲濟師臨流遽旋軍豈惟限天塹所忌在有人惜哉歸命侯淫虐敗前勳銜璧入洛陽委躬爲晉臣無何覆宗社爲爾含悲辛俄及永嘉末中原塞胡塵五馬浮渡江一龍躍天津此時成大業實賴賢縉紳闢土雖未遠規模亦振振謝公佐王室仗節掃僞秦誰謂吳兵孱用之在

有倫荏苒宋齊末斯須變梁陳綿歷已六代興亡互紛綸在德不在險成敗良有因高堞復于隍廣殿摧于榛王風久泯滅勝氣猶氤氳皇家一區域玄化通無垠常言宇宙泰忽遘雲雷屯極目梁宋郊茫茫晦妖氛安得倚天劍斬茲横海鱗徘徊江山暮感激爲誰申

秦系

系字公緒會稽籍天寶末避亂剡溪自稱東海釣客其後東渡家秣陵隱茅山年八十餘卒唐書有傳秦系山房在大茅峰石墨池上錢易南部新書崔造韓會盧東美張正則爲友皆僑寓上元好談經濟之略嘗以王佐自命時人號爲四夔

題茅山李尊師山居

天師百歲少如童不到山中竟不逢洗藥每臨新瀑水步虛

時上最高峯巓閒五月留殘雪座右千年蔭老松此去八襄今遠近回看雲壑一重重

期王鍊師不至

黃精蒸罷洗瓊杯林下從留石上苔昨日圍棋未終局多乘白鶴下山來

顧況

況字逋翁海鹽籍至德丙申進士嘗爲韓滉判官徵拜校書郎遷著作後貶饒州司戶參軍隱句曲茅山自號華陽眞逸以壽終集二十卷舊唐書附傳逋翁工畫山水素善於李泌得其服氣之法能終日不食後全家去隱茅山鍊金拜斗身輕如羽暮年一子卽亡追悼哀切其年又生一子名非熊三歲始言在冥漠中聞父吟苦不忍乃復來生非熊後及第自長安歸慶已不知況所在或云得長生訣仙去矣唐語林李瞻漢之子有文學氣貌淯古非其人雖富貴不交也屢

遷司封郎中歸隱茅山徵拜給事中不就兩京亂竟不罹其禍

大茅嶺東新居憶亡子從眞

谷鳥猶呼兒山人夕霑襟懷哉隔生死悵矣徒登臨東門憂不入西河過亦深古來失中道偶向經中尋大象無停輪倏忽成古今其夭非不幸鍊形由太陰凡欲攀雲階臂如火鑄金虛言留舊札洞房掩閑琴泉源登方諸上有空靑林彷彿通寤寐蕭寥邈徵音歎草被汀洲鮮雲略浮沈禎景宣璧麗紺波響飄淋石窟含雲巢迢迢耿南岑悲恨自兹斷情臨詎能侵眞靜一時變坐起唯從心

送李道士歸桃花巖

入境年虛擲仙源日未斜羨君乘竹杖辭我隱桃華鳥去甯知路雲飛似憶家莫愁容髮改自有紫河車

劉商

商字子夏彭城籍大歷進士貞元中累官比部員外郎改虞部員外郎數年遷檢校兵部郎中後出爲汴州觀察判官貶衢州司馬辭疾歸隱茅山世傳仙去有集十卷許渾有贈茅山高拾遺詩詠歸來綺季歌大茅峰影薄秋波山齋留客掃紅葉野艇送僧披綠莎長覆舊圖棊勢盡遍添新品藥名多雲中黃鶴日千里自宿自飛無網羅高拾遺惜不得其名亦棄官隱茅山者也

題禪居廢寺

凋殘精舍在連步訪緇衣古殿門空掩楊花雪亂飛鶴巢松影薄僧少磬聲稀青眼能留客疏鐘逼夜歸

顧非熊

非熊家句容況之子會昌乙丑進士累佐使府大中

聞爲盱眙尉棄官隱茅山辛文房唐才子傳云會昌五年諫議大夫陳商放榜初上習聞非熊詩價至是怪其不第勅有司進所試文章追榜放令及第授盱眙主簿不樂拜迎更厭鞭撻因棄官歸隱王司馬建送詩云江城柳色海門烟欲到茅山始下船知道君家當瀑布菖蒲潭在草堂前一時餞別吟贈俱名流不知所終或傳住茅山十餘年一旦遇異人相隨入深谷不復出矣全唐詩非熊穆宗長慶中登進士第與辛說異

下第後寄高山人

我家堂屋前仰視大茅巔潭靜鳥聲異地寒松色鮮入眼臘月鹿飲竹門泉多愧鄰高隱無成又一年

瓜洲送朱萬言

渡頭風晚葉飛頻君去還吳我入秦雙淚別家猶未斷不堪仍送故鄉人

張賁

賁字潤卿南陽人登大中進士第唐末爲廣文博士隱於茅山

酬龔美先見寄倒來韻

尋疑天意喪斯文故選茅峰寄白雲酒後只留滄海客香前唯見紫陽君近來已絕詩書癖今日兼將筆硯焚爲有此身猶患苦不知何者是元纁

呂從慶

從慶字世膺自稱漁叟大梁籍廣明中從父伸宦金陵阻兵不歸南唐屢徵不起避至旌德著有豐溪存稿

寄弟

函罷家音又拆看添書絕句報平安豐溪漁叟生涯定明月

清風一釣竿

郟滂

滂光化中六合令因家焉宋嘉定六合縣志云郟令懼棠邑文獻無徵作懷古詩五十首各係以小敘其敘靈巖曰巖峻嘗有靈瑞敘龍津曰上馬更戍往來士林日其地業儒多宦敘鄉邑寺則歸之馮亮敘如禪院則歸之達摩敘祇洹寺則始於解脫敘混城觀則起於宋元嘉靖儀真志存三十二首至雍正乙卯六合令蘇作睿志尚存十六首乾隆癸卯廖掄升志乃悉削去唐人著作徵文考獻何可棄也

龍池

波光杳靄遠連天鷺宿沙頭玉一拳料想中流深莫測龍潛潭底抱珠眠

廢如歸館在東門外

旅況淒淒南北涯每投新館便如歸當年勝事今何在卻使

楊朱淚滿衣

南唐

宋齊邱

齊邱字子嵩廬陵籍遷洪州仕吳居金陵爲諫議大夫累官右僕射南唐昇元初爲丞相保大中召爲中書令拜太傅封楚國公以餓卒南唐書齊邱傳云烈祖以南園給之金陵新志宅在古國子監巷

陪遊鳳皇臺獻詩西溪叢話作題鳳臺山亭子天祐八年題昇元三年王紹顏奉敕書在保甯寺

嵯峩壓洪泉岝峉撐碧落宜哉秦始皇不驅亦不鑿上有布政臺八顧背城郭山蹙龍虎健水黑螭蜃作白虹欲吞人赤驥相煿爍畫棟泥金碧石路盤墝埆倒挂哭月猿危立思天

鶴鑿池養蛟龍栽桐棲鸑鷟梁間燕敎雛石罅蛇懸㲉養花如養賢去草如去惡月晚嚴城鼓風來蕭寺鐸掃地驅塵埃剪蒿除鳥雀金桃帶葉摘綠李和衣嚼貞竹無盛衰媚柳先搖落塵飛景陽井草合臨春閣芙蓉如佳人回首似調謔當軒有直道無人肯駐腳夜半鼠窸窣天陰鬼敲啄松孤不易立石醜難安著自憐啄木鳥去蠹終不錯晚風吹梧桐樹頭鳴嚗嚗峩峩江令石青苔何淡薄不話興亡事舉首思渺邈吁哉未到此褊劣同尺蠖籠鶴羨鳧毛猛虎愛蝸角一日賢太守（時李昇爲昇州刺史）與我觀橐籥往往獨自語天帝相唯諾風雲偶不來寰宇銷一略我欲烹長鯨四海爲鼎鑊我欲取大鵬天地爲矰繳安得生羽翰雄飛上寥廓

李建勳

建勳字致堯，昇元初拜中書侍郎同平章事。嗣主時爲撫州節度使，召拜司空，營亭榭於鍾山，乞骸骨，以司徒致仕，賜號鍾山公。先是宋齊邱自號九華先生，一徵而起，或謂建勳曰：欲爲九華先生耶？因爲詩見志曰：桃花流水須相信，不學劉郎去又來。寄馬延魯云：粟多未必爲全計，師老須防有伏兵。預知閩師必敗。既卒，塡無封樹，不知葬所。

金陵所居青溪草堂閑興

窗外皆連水，杉松欲作林。自憐趨競地，獨有愛閑心。素壁題看遍，危冠醉不簪。江僧暮相訪，簾卷見秋岑。

遊棲霞寺

養花天氣近平分，瘦馬來敲白下門。曉色未開山意遠，春容猶淡月華昏。琅邪冷落存遺迹，籬舍稀疏帶舊村。此地幾經人聚散，只今王謝獨名存。

韓熙載

熙載字叔言北海籍後唐同光中登進士第昇元初至金陵爲祕書郎嗣主拜虞部員外郎史館修撰知制誥後主時終中書侍郎卒贈同平章事謚文靖葬梅岡溧水無相寺有熙載讀書臺又史虛白字畏名山東人與熙載同投南唐署部從事不受隱廬山元宗即位熙載薦之召見虛白醉溺於殿元宗曰眞處士也元宗南遷至星子渚復召至問處士有所得乎對曰臣得漁父一聯云風雨破卻屋全家醉不知元宗變色久之

感懷詩二首奉使中原署館壁

僕本江北人今作江南客再去江北遊舉目無相識金風吹我寒秋月爲誰白不如歸去來江南有人憶

送徐鉉流舒州時鉉弟鍇亦貶烏江尉親友臨江相送

昔年悽斷此江湄風滿征帆淚滿衣今日重憐鶺鴒羽不堪

波上又分飛

高越

越字沖遠，幽州籍，遷金陵，仕吴，授祕書。昇元中遷水部員外郎，改祠部。保大時進中書舍人。後主以爲勤政殿學士，兼户部侍郎。卒謚穆，葬攝山。建康志：高越墓在棲霞寺舊門外北山之麓，去城四十五里。有石題云：侍郎高府君墓，南唐人也。

詠鷹投鄂帥張宣全唐詩云：高越歸南唐，初投鄂帥張宣。宣人不及見知，以鷹詩誚之。

雪爪星眸世所稀，摩天專待振毛衣。虞人莫謾張羅網，未肯平原淺草飛。

孫魴

魴字伯魚，南昌籍，入金陵，事吴，爲宗正郎。伯魚有主亭牡丹詩，主人司空見和，未開牡丹，又題牡丹上主人司空。後人司空南唐時李建勳，孫晟嚴續皆拜司空，未知孰

是

題金山寺

萬古波心寺魚龍是四鄰天多剩得月地少不生塵過櫓妨僧定驚濤濺佛身誰言張處士題後更無人寺一作山載江心一作金山名目新樓臺懸倒影鐘磬隔囂塵末一作誰言題詠後流響竟無人

潘佑

佑幽州籍徙居金陵保大中官秘書省正字後主時遷虞部員外郎史館修撰累至中書舍人以直諫死祀青溪先賢祠有滎陽集佑既死金陵被圍劉洞爲詩榜於路旁云翻憶潘郎章奏日惜惜日暮好需市用佑表中語也

送許處士堅往茅山

天壇雲似雪玉洞水如琴白雲與流水千載清人心君攜布

囊去路長風滿林一入華陽洞千秋那可尋

查文徽

文徽字光慎休甯籍居金陵以取閩功拜撫州觀察使建州留後

寄麻姑仙壇道士

別後相思鶴信稀郡樓南望遠峰迷人歸仙洞雲連地花落春林水滿溪白髮只愁悲鏡鑷丹砂猶待寄刀圭方平車駕今何在常苦塵中日易西

鍾謨

謨字仲益建安籍居金陵保大中爲翰林學士進禮部侍郎判尚書省後誅死

代京妓越賓答徐鉉

一幅輕綃寄海濱越姑長感昔時恩欲知別後情多少點點憑君看淚痕

廖凝

凝字熙績虔州人初隱衡岳後與馬希萼同遷金陵授水部員外郎出爲建昌令終江州團練副使

聞蟬

一聲初應候萬木已西風偏感異鄉客先于離塞鴻日斜金谷靜雨過石城空此處不堪聽蕭條千古同

孟賓于

賓于字國儀連州籍天福中登進士第楚亡入金陵歸南唐授豐城簿遷塗陽令以罪廢隱玉笥自號羣玉峰叟踰年後主以水部員外郎起之有金鼇集宋翰

林學士李昉以詩遺之曰幼攜書劍別湘潭金榜標名第十三昔日聲塵喧洛下近年詩價滿江南後主見詩復其官

獻主司

那堪雨後更鳴蟬溪隔重湖路七千憶昔故園楊柳岸全家送上渡頭船

沈彬

彬字子文宜春人應進士不第遂遊長沙中主聞其名召歸金陵爲縣宰彬辭不就遂授金部郎中致仕年八十九彬既致仕嘗別業於鍾山庭有古柏可百餘尺一日爲迅雷所擊撲於地自成四片彬視之欣然謂子廷瑞曰此天所以賜吾也汝宜成之廷瑞曰雷擊之木恐非祥不宜爲棺彬怒曰吾命汝安得違之耶廷瑞懼遂如教卒竟用此棺及葬掘地未及丈餘又有石槨有篆文四字云沈彬之槨其制度大小與棺正相稱遂葬之時人異焉彬臨終指葬處以示家人穴之乃一冢未嘗葬人石燈臺上有

漆燈一盞壙頭有一銅碑篆文云佳城今已動雖開不葬埋漆燈猶未滅留待沈彬來

金陵雜題

暮潮聲落草光沉賈客來帆宿草陰一笛月明何處酒滿城秋色幾家砧時清曾惡桓溫盛山翠長牽謝傅心今日到來何物在碧烟和雨鎖寒林

再過金陵

玉樹歌終王氣收雁行高送石城秋江山不管興亡事一任斜陽伴客愁

左偃

偃隱居金陵不仕有鍾山集韓熙載稱其能詩有集千餘首

寄韓侍郎

謀身謀隱兩無成，拙計深慚負耦耕。漸老可堪懷故國，多愁
翻覺厭浮生。言詩幸遇明公許，守朴甘遭俗者輕。今日況聞
搜草澤，獨悲顦顇臥昇平。侍御見詩感歎，厭浮生不喜，不逾月果病卒

送君去

關河月未曉，行子心已急。佳人無一言，獨背殘燈泣。

李中

中字有中，隴西籍，僑九江。入廬山國學。先主爲司徒，
中以詩詠其池亭，遂居金陵。授朐山尉。已未，自下蔡
許歸侍養，復任安福。甲子，罷吉水尉，復任晉陵。除新
喻令。壬申，除淦陽令。

海上春夕旅懷寄左偃

柳過清明絮亂飛，感時懷舊思悽悽。月生樓閣雲初散，家在

汀洲夢去迷髮白每慙清鎖啟酒醒長怯子規啼北山高臥

風騷客安得同吟復杖藜

宿鍾山智覺院

投宿林下寺中夜覺神清磬罷僧初定山空月又生籠燈吐

冷豔嵒樹起寒聲待曉江塵裏依前冒遠程

許　堅

堅字介石江左人見南唐李氏不遇拂衣歸隱茅山

亦棲溧陽仙去金陵新志許堅嗜魚炙火上不去鱗陽食每和巾帶入溪濯浴坐乾風日中衣服黜氣人惡之多夢中吟詩太虛觀有堅放魚池舊傳堅放食魚全骨化生魚云又雲泉寺呂司法題詩云許老求仙杳不還好詩長在碧蘿間唐人錯寫雲泉寺只合題爲小蔣山注云寺在下山許堅隱居之地重巒喬木邑人號蔣山見溧陽志又見祈澤寺注

幽棲觀

仙翁上昇去丹井連晴壑山色接天台湖光照寥廓玉洞絕無人老檜猶棲壑我欲泛靈槎他時沖碧落

寄徐舍人鉉

幾宵烟月鎖樓臺欲寄侯門薦禰才滿面塵埃人不識謾隨流水下山來

陳陶

陶字嵩伯由嶺南遊長安中原亂入金陵與宋齊邱不合遁去西山仙去

江上逢故人

十年蓬轉金陵道長哭青雲身不早故鄉逢盡白頭人清江顏色何曾老

閑居雜詠

一顧成周力有餘白雲閑釣五溪魚中原莫道無麟鳳自是
皇家結網疏
長愛仙人王子喬五松山月伴吹簫從他浮世悲生死獨駕
蒼龍入九霄

徐鉉

鉉字鼎臣父延休會稽人依鍾傳於洪州吳取江西延休仕吳至江都少尹鉉與弟鍇居金陵鉉仕吳爲祕書郎南唐歷中書舍人翰林學士吏部尚書知內史事歸宋爲散騎常侍貶靖難軍司馬有騎省文集江南錄窮衫篆古鉦銘碑一卷見翟耆年籀史校說文解字

建康志徐鉉宅舊在攝山棲霞寺西今曰陶莊是也園池甚盛宋裴迪留題徐氏來賢亭云常侍江東第一流子孫今不泯先猷結亭意在來賢者誰慕淸風爲駐留王荊公題徐秀才園亭詩云茂林脩竹翠紛

紛正得山阿與水濱笑傲一生雖有樂有司還欲選
方聞二詩刻石今在棲霞市酒坊按李昉作徐公墓
誌云騎省有子夷直先卒不云有孫蓋錯之後奉鉉
祀也王洋東牟集眞意堂詩云故刑部郎中徐鉉明
叔所居乃騎省
都尉鉉之後

題伏龜山北隅

茲山信岑寂陰厓積蒼翠水石何必多宛有千巖意孰知近入境旦暮含佳氣池影搖輕風林光澹新霽支頤藉芳草自足忘世事未得歸去來聊爲宴居地

又題白鷺洲江鷗送陳祕監歸泉州

白鷺洲邊江路斜輕鷗接翼滿平沙吾徒來送遠行客停舟爲爾長歎息酒旗漁艇兩無猜月影蘆花鎮相得離筵一曲怨復清滿座銷魂鳥不驚人生不及水禽樂安用虛名上麟閣同心攜手今如此金鼎丹砂何寂寞天涯後會渺難期從

此又應添白髭願君不忘分飛處長保翩翩潔白姿

宿茅山寄舍弟

茅許稾靈氣一家同上賓仙山空有廟舉世更無人獨往誠違俗浮名亦累眞當年各自勉雲洞鎖長春

秋日盧龍村舍

置卻人間事閑從野老游樹聲村店晚草色古城秋獨鳥飛天外閑雲度隴頭姓名君莫問山木與虛舟

題紫陽觀

南朝名士富仙才追步東卿遂不迴丹井自深桐暗老祠宫長在鶴頻來巖邊桂樹攀仍倚洞口桃花落復開惆悵霓裳太平事一函眞跡鎖昭臺

聽霓裳羽衣曲送陳祕監歸泉州

清商一曲遠人行桃葉津頭月正明此是開元太平曲莫教偏作別離聲

徐鍇

鍇字楚金鉉之弟保大初授祕書郎分司東都復召爲虞部員外郎後主立遷屯田郎中知制誥集賢殿學士拜右内史舍人賜金紫卒贈禮部尚書謚曰文

同家兄哭喬侍郎

諸公長者鄭當時事事無心性坦夷但是登臨皆有作未嘗相見不伸眉生前適意無過酒身後遺言只要詩三日笑談成理命一篇投弔尚應知

秋詞

井梧紛墮砌寒雁遠橫空雨久莓苔紫霜濃薜荔紅

張泌

泌字子澄淮南籍入金陵仕爲句容尉累官至內史舍人

洞庭阻風

空江浩蕩景蕭然盡日菰蒲泊釣船靑草浪高三月渡綠楊花撲一溪烟情多莫舉傷春目愁極兼無買酒錢猶有漁人數家在不成村落夕陽邊

金陵詩徵卷三十五終

上元秦際唐校字

金陵詩徵卷三十六寓賢二

上元朱緒曾編

宋

胡則

則字子正永康人移居句容端拱戊子進士累官兵部侍郎致仕卒贈禮部尚書廟食婺州累加顯應正惠忠祐公宋史有傳句容縣志四世孫楷任太常卿子姓繁盛

題紫霄觀

綺霞重疊武陵溪鸞嶺相將路不迷白石洞中人乍到碧桃花下馬頻嘶深傾玉液琴聲細旋煑胡麻月色低猶恨此身閒未得好同劉阮灌芝畦

王益

益字損之改字舜良臨川籍大中祥符乙卯進士通判江甯府遂家金陵卒於官贈太師中書令兼尚書令康國公荆公雜詠新壟寄鍾山李壁注楚公葬於江甯之牛首山子七人安仁安道安石安國安世安禮安上

留題清涼院

背倚青峰面枕溪濡毫新向壁閒題善根不撓金蓮合淨界無塵水月齊會啟苾芻眞樂境花開薝蔔遠香畦因思祖塔嘗遊處更在龍蟠虎踞西

邱濬

濬字道源黟縣籍少遇異人得太乙壬遁法遂精於易洞吉凶之變遊華陽洞登天聖丁卯進士第早歲求爲句容令因家句容官至殿中丞上觀風感事詩

一百首貶昭州司戸皇祐中以爲光禄寺丞嘗謂家
人吾壽終九九後至池州一日起盥沐索筆爲春草
詩題畢端坐而逝年八十一

秩滿寄茅山道友

鳴鳳相邀覽德輝松蘿從此與心違孤峯萬仞月正照古屋
數間人未歸欲助唐虞開有道深慙巢許勸忘機明朝又引
輕帆去紫朮年年空自肥

王安石

安石字介甫臨川籍居金陵慶歷壬午進士累官尚
書左僕射兼門下侍郎封荆國公卒謚曰文崇甯閒
追封舒王葬鍾山有臨川集一百卷宋史有傳

張明甫至宿明日遂行

初登張公門公子始冠幘於今見公子與我皆鬢白山林坐笑語宛然在公側豈惟貌如之侃侃有公德憶公營瀨鄉金陵地名許我歸作客我歸公旣逝惆悵難再得得子如得公交懷我欣戚漂搖將安在稅駕只一昔寤言且勿寐庶以永今夕何時復能還裹飯治城宅

遊土山示蔡天啟土山在上元縣南三十里

定林瞰土山近乃在眉睫誰謂秦淮廣正可藏一艓朝予欲獨往扶憊強登陟蔡侯聞之喜喜色見兩頰呼鞍追我馬亦以兩黥挾斂書付衣囊裹飯隨藥笈翛翛阿蘭若土木老山脊鼓鐘卧空曠簨簴雕捷業升堂廓無主考擊誰敢輒坡陀謝公家藏楟久穿劫百金置酒地野老今行饁繦懷起東山勝踐此稠疊於時國累卵楚夏血常喋外寳備鄰梗中仍費

調燮公能覺如夢自喻一蝴蝶桓温適自斃符堅方天厭且可綏九錫甯嘗快一捷彼哉斗筲人得喪易矜怯妄言展齒折吾欲刊史牒傷心新城埭歸意終難愜漂摇五城舟尚想浮河檝千秋隴東月長照西州堞豈無華屋處亦捉蒲葵箑碎金諒可惜零落隨秋葉好事所傳玩空殘法書帖清談渺不嗣陳迹悦如接東陽故侯孫少小同鼓篋一官初嶺海仰視飛鳶跕窮歸放欵段高卧停遠蹀牽襟肘卽見著帽耳纔擘數椽危敗屋爲我炊陳浥雖無膏污鼎尚有羹濡筴縱言及平生相視開笑靨邯鄲枕上事且飲且田獵或昏眠委翳或妄走超躐或叫號而寤或哭泣而魘幸哉同聖時田里老安帖易牛以寶劍擊壤勝彈鋏追憐袁晉末此土方岌嶪强偷須臾樂撫事終愁慄予雖天戮民有械無接摺翁今貧而

靜內熱非復藥予衰及今歲儻與雞夢協委蛻亦何恨吾兒已長鬣翁雖齒長我未見白可鑷祝翁倘難老生理歸善攝久留畏年少譏我兩呫囁束火扶路還宵明狐兎懾蔡侯雄俊士心憭形亦諜異時能飛鞚快若五陵俠胡爲阡陌間蹝足僅相躡諒能交轡語呿予不能嗋

袁陟

陟字世弼一字遯翁南昌籍慶歷丙戌進士知當塗縣官至太常博士有遯翁集金陵訪古詩附載宋史父抗傳袁瑛云始祖遯翁北宋時遊金陵愛其風土因令子孫家焉宋亡徙吳門明初取實京師授指揮

題劉仁瞻畫像苕溪漁隱叢話王旒遊金陵昇元寺見僧房壁上有繪金紫大夫題詩云云不能解卷畫歸示其父平甫曰此劉仁瞻像袁世弼詩也此詩俊拔可喜

陣前仙婢生無愧鼓下蠻奴死合羞三尺吳縑暗塵土懔然蒼鶻欲橫秋

孫覺

覺字莘老高郵籍皇祐已丑進士歷至御史中丞遊湯泉遂築寄老庵居焉有文集奏議六十卷春秋傳十五卷宋史有傳按湯泉山宋隸烏江縣明析其地屬江浦

湯泉

川谷閟深阻天時正莽蒼聊同不速客來浴自然湯賢宰謫休政道人棲浮房恍如登赤地熱惱頓清涼

龍洞山

側徑紆縈入杳冥神鑱鬼鑿露巖坰矢懸乳石映華蓋壁隱莓苔矗翠屏九道寒江雲外白一池陽井雪中青還同康樂

登臨海可共羊何筆不停

張　環

環字唐公全椒籍舉進士召試學士院賜第累至翰林學士出知濠州致仕居攝山後人名其地爲唐公巖宋史有傳唐公乃張洎之孫攝山志宋張環致仕於明僧紹遺宅闢白雲庵讀書樂道有通人之度氣節矯矯難進易退爲縉紳所儀至今聞其風者皆穆然仰敬棲霞小志唐公巖三字在祖無擇題名石之下其四傍最盛鐫刻建康志翰林給事張唐公墓在上元縣長林鄉呂惠卿作誌

寄題徑山懷鄭簡侍郎

天地一洲渚北平南敧危幽幷深以厚江浙淸且奇武林頗幽秀川匯仍山卑應接殫天巧類非人力爲徑山最佳處有巖稱玉芝居防俗士駕地乃賢人宜鄭公留名德平時爲羽儀引年歸故里不復衣朝衣留侯黃石心白傅香山期結宇

名勝外日與塵事違泉石景物狀盡在諸賢詩伊余來東藩濫持使者麾平生愛山水弗憚命駕之當候秋風高遠造巖下扉澣濯纓上塵散步松間綦未能繼高躅聊用慰所私

黃履

履字安中邵武人嘉祐丁酉進士知江甯府加大學士提舉中太乙宮卒有金陵雜詠宋史有傳履愛金陵山水令長子伯思還閩伯思著東觀餘論次子仲惠卜築上元家焉明有黃謙以書名其裔也

次韻金玉遊永慶寺觀陳井

西北有招提灑然塵垢外茲遊久未遑欣與高軒會邃室儼圖畫危亭隱松檜逍遙步荒徑蓊密拂輕蓋開冬含餘清幽律驚爽籟行行轉城隅亭午雲容晦六朝三百秋覽迹增悲慨金輿成寒灰簪笏散煙靄龍沈景陽井欄刻惟存戒圖經云欄

上刻字悉已殘毀惟戒字可辨更餘三品石默默冷相對我覩此邦傾如魚自中潰民財盡錙銖民命輕草芥三閣與十賓積累成大慾昔人賦黍離搖搖發行邁偶來牽我思已涉南榮誡謝叔源云無爲牽所思南榮誡其多

王安禮

安禮字和甫安石弟嘉祐辛丑進士累官尚書左丞知太原府卒有王魏公集宋史有傳

丙寅九月二十日同蔣穎叔從長干雨中登高座寺

弭節蕭帝寺驅車成子岡莽卉翳塗泥霖雨霑衣裳躋攀踰百尋險滑步寸量生公不可見雨花空此堂當時聽說法鬼神久已藏烟雲渺無窮淒風來我旁山川萬邑屋所見未毫芒駕言吾將歸重勞徒御將遲明羲與和宇宙觀暄暘安行

淩太虛曠朗觀八荒

劉　誼

誼字宜翁長興籍徙句容治平丁未進士元豐閒廣東江西提舉常平官請罷買沈香減鹽價凡四十餘事帝曰劉誼論事有陸贄之風上疏論新法勒停從異人授以出世法遂隱於茅山不出有文集三十卷奏議四十卷

新亭

十里崇因寺臨江水氣青山河看不異今古此新亭

鄭　俠

俠字介夫福清籍隨父暈居金陵讀書清涼寺治平丁未進士贈朝奉郎諡曰介有西塘集宋史有傳建康

志一拂先生鄭介公祠在清涼寺康熙中陳寶綸重新祠宇並公所著西塘集十卷鏤版藏於祠中公後裔多家於金陵鄭簠谷口亦其裔也

古交行

大海有時竭此心漉不乾厚地有時坼此心無裂文持此以相照百鍊靑銅昏用此以相惠貝璧黃金盤靧面有餘歡背面無閒言德義以相高慶譽以相先千古似一日萬里如同筵此爲金石交誰與知者論

教子孫讀書

水在盤盂中可以鑑毛髮盤盂若動搖星日亦不察鏡在臺架上可以照顏面臺架若動搖眉目不可辨精神在人身水鏡爲擬倫身定則神凝明于烏兔輪是以學道者要先安其身坐欲安如山行若畏動塵目不妄動視口不妄談論儼然

望而畏暴慢不得親淡然虛而一志慮則不分眼見口卽誦耳識潛自聞神焉默省記如口味甘珍一遍勝十遍不令人艱辛

和荊公何處難忘酒詩

何處難緘口熙甯政失中四方三面戰十室九家空見佞眸如水聞忠耳似聾君門深萬里安得此言通

出御史臺

萬險千艱六出身如今也得避囂塵須知從此寒原上有箇行歌拾穗人

王安國

安國字平甫安石弟進所著序言召試賜進士第爲著作佐郎祕閣校理有校理集六十卷詩占二十九

卷宋史有傳

讀魏世家

亹亹談先王古今誰有得施爲雖緒餘要在情不匿嗟彼三代後淪胥入戰國翟璜聞一言僶俛慙李克論材稱權衡輕重無物惑吾心能如此乃可任人責

宿棲賢寺

古屋蕭蕭卧不周 敝裘起坐興綢繆千山月午乾坤晝一壑泉鳴風雨秋跡入塵中慚有累心期物外欲何求明朝松路須惆悵忍更無詩向此留

王安上

安上字純甫管勾江甯府集禧觀

梅山

戰士觸熱衝暑露舌燥脣乾憚長路將軍馬上設長謀遥望靑山指梅樹齒牙不覺流津津比似投醪同飲醑漢鼎未扶竟分裂惜哉不是調羹人

崔子方

子方字彦直涪陵籍徙居六合知滁州晁説之景迂生集許端禮字子和方舉世不爲春秋之學時有六合崔子方伯直者世莫知其爲人子和一見而定交曰此吾之所學也願與共之伯直遂因子和得名於諸公間黃山谷稱之曰六合有佳士曰崔彦直其學辨三傳之是非而專以日月爲例

江山逢晁適道

渺渺連江雨微微到面風主人留一餉佳客得相逢會面嗟何晚評詩有許功君家好兄弟更覺此心同

趙　揚

揚江山籍清獻公抃弟方臘擾衢州避地居金陵官至湖北轉運使秘閣校理劉宊莊仁壽縣君蘇氏墓誌銘云祔青龍山校理之墓據此知揚葬青龍山子崅德順軍司法參軍幪朝城令姘項城尉

江源縣與兄抃抗引流聯句有抃序

江源縣江繞治廨址而東距三百步瀧湍馳激朝暮鳴在耳使人聽受弗倦遂亩渠通民田來圍亭堦廡閒環迴旋繞淸行沼渟起居游觀淸快心目公暇事休與弟抗揚坐東軒樂然盤桓共爲詩章云

別派從江垠邀流入農畎淙淙來源深漉漉度溝淺疏功浹旬畢溉利千步遠田觀疑澤瀦坎聽類瓴建波行拂落葉浸長浮生蘚孤鶴眼怪窺纖魚鬣跳展映葦色莫分喧琴韻難辨增霖晨鬧蛙寒月夜驚犬憐黃澆菊籬惜紫沃蘭院吏治禀餼鬻童戲芒車卷灌攜合手勞漱掬致腰傴庭秋臨加涼軒夏向消烜我矜近濟能僅貿遥沒兔貯𣏓理巨甑歸廚架

修覽供陶飯盎糧給澳糞鼎鬻調藥修舊餌煎茶試新莽坐
客頻泛觴蹲兒屢滌硯聆寒心脫煩挹冷酒除面閑眺節步
隨靜看髭吟撚高懷造文攄清興圖詩遺題爲引流篇記耳
非自衒

王雱

雱字元澤安石子未冠舉治平四年進士歷遷龍圖閣學士辭不拜卒封臨川伯宋史附傳子棣字儀和顯謨閣學士右中大夫開封府路經略安撫使金人攻潭淵死於城守贈資政殿大學士

鍾山絕句

富年睥睨此山阿欲著紅樓貯綺羅今日重來無一事卻騎羸馬下坡陀

王滂

滂初名旁字仲元雱之弟官至祕書省正字荆公臨川集題旁詩仲子正字旁近有詩杜家園上云云俞清老一見稱賞不已絕似唐人旁喜作詩如此詩甚工也集有謝添差男旁勾當江甯府糧科院表宋史惟載荆公一子旁蓋略也晁公遡嵩山居士集王玨字德全曾祖安石祖滂父桐承議郎直龍圖閣宋詩紀事亦漏滂名

絕句

杜家園上好花時尚有梅花三兩枝日暮欲歸巖下宿爲貪香雪故來遲

葉濤

濤字致遠龍泉籍徙居金陵熙甯癸丑進士終龍圖閣待制主管江甯府崇禧觀宋史有傳

望舊廬有感

重來舊屋誰爲主江令蕭條嘆獨存已媿問人纔識路卻悲

無柳可知門舟車到處成家宅歲月惟驚長子孫孤客滋中
非得已故交零落與誰論

朱　彦

彦字世英南豐籍從王荆公學於金陵居白都山登
熙甯丙辰進士第調長沙尉遷桐廬令轉郎中紹聖
中除江西轉運判官還給事中知撫州降授宣德郎
崇甯二年知江甯府徙洪州大觀元年知杭州徙知
潁昌府轉刑部侍郎丙疾卒周紫芝之太倉稊米集云金陵朱世英官長沙或爲有畫箕踞而坐者號大著肚舊有贊頌皆鄙語朱爲題小詩其上以易之云但將貯酒三千鍾莫話容卿數百輩余愛其語有味孔子延陵十字碑崇甯中朱彦重刻

寒光閣

鴐舟掠杭越小泊清溪門年年江令尹邀我溪南園丹碧氣

成霞樓疏何鬱盤江城春事起臘候已向殘的皪小梅花暗香媚山樊檽軒絕可愛青山聯蒼官君家蓺蘭畹歲久蘭有蓀我生眞漫浪嗜好無一存尙作山水想十年勞夢魂歷眼滄洲趣茲盟那可寒他年釣竿手來傍沈郎灘

遊黃山

三十六峰高插天瑤臺瓊宇住神仙嵩陽若與黃山並猶少靈砂一道泉

晁說之

說之字以道鉅野人元豐壬戌進士元符中以上書入等靖康初召爲著作郎試中書舍人兼太子詹事建炎初擢徽猷待制令勒致仕金人內犯流寓建康卒有景迂生集韓淲澗泉日記晁說之慕溫公爲人自號景迂生兵火未定時葬之金陵

有經解著述傳于世顧孝直云成化間高祖葬始祖海于樊家山夜夢朱衣象簡云我曾子固此故宅也當託生爾家遂生伯祖璘考韓維南陽集曾鞏神道碑云元豐六年卒於江甯府年六十五七年葬於南豐是子固未葬江甯

送許同年赴江甯知錄

風稜索索許子伯軺車督郵聲赫赫裔孫德似官亦同獨乘瑞霧開羽翮金陵城裏春色多疑是六朝舊金碧只宜細看後庭花慎莫垂淚江家宅吳醥邗解解醉離腸嗟余自是思歸客荷葉開時楊梅熟江南江北遥相憶

月下渡金陵江

玉樹開花媚綺窗龍蟠如植冕旒降只今江月交光夜情似月明愁似江

蘇　庠

庠字養直澧州籍隱於曲阿稱蘇後湖晚居茅山屢徵不起茅山元符宮有蘇養直像後湖父伯固子扶

清江曲

屬玉雙飛水滿塘菰蒲深處浴鴛鴦白蘋滿櫂歸來晚秋著蘆花兩岸霜扁舟繫岸依林樾蕭蕭兩鬢吹華髮萬事不理醉復醒長占烟波弄明月

章甫

甫字冠之自號轉庵張孝祥留守建康招居金陵南城街作易足堂韓元吉爲記有易足居士自鳴集十五卷

法剛化士幹藏經乞語

鍾山夜半發奇怪火光熾然脫三昧法筵龍象不須驚寶公

留得眉毛在食輪才轉法輪隨樓臺金碧還相輝大千經卷何處覓剛禪藏在僧伽葉如來言語皆眞實别有眞經名第一琅函寶藏不能收若遇知音請拈出

寄荆南故人

餘生自拚一虚舟未害尋詩慰客愁梅欲飄零猶醞藉柳纔依約已風流關心弟妹無黄犬入夢江湖有白鷗别後故人相念否東風應倚仲宣樓

崔敦禮

敦禮字仲由通州靜海人與弟敦詩愛溧上山水買田築居池上有讀書堂匾曰雙桂兄弟同登紹興庚辰進士第歷江甯縣尉平江府教授江東幹撫諸王宫大小學教授有宫教集久佚永樂大典輯出爲十

二卷又芻言三卷

九序

九序者崔敦禮所作也敦禮居江東江東之民好祠信鬼有楚之遺風歌樂鼓舞獨無楚人悽婉之詞以侑祀事因仿其體作爲九序之歌上以陳事神之敬下以見修身行己之志云

春日兮繁鮮車閬閬兮句曲天緪瑟兮拊鼓滿芳菲兮瓊筵朝霞爲羞兮沆瀣爲醴瑤華玉饌兮錯雜而陳前靈之來兮赤城空駕白鶴兮御淸風羣仙從兮哆哆雲晻曖兮車隆隆靈之去兮返太淸騎日月兮朝紫皇下視九州兮塵泱茫五嶽俎豆兮四溟杯觴製瓊琚兮余衣集芳蓀兮余裳荷佩兮離離蘭旌兮揚揚欲往從兮未得望夫君兮彷徨右正曜

若有人兮水中央魚鱗衣兮白蜺裳荃橈兮桂旗欲女迎兮風薄之神之駕兮兩龍驂白黿兮蛟螭從朝余陟兮三山夕

際兮牛渚神不來兮夷猶使我心兮苦復苦濯纓兮姑溪結佩兮采石誠不已兮幽通信不堅兮物格若有臨兮風飀飀作暮雨兮愁江皋神交兮意接來不言兮去無迹倏雨歇兮雲收山青青兮水悠悠 右上水府

雲冥冥兮疊嶂君獨立兮山之上石磴險兮水道寒思夫君兮未敢言無言兮皇皇山阿之人兮告我以不難木樛蔚兮下俯石避礙兮行旁余冠兮巍巍余步兮逶遲俛首非吾之願兮斜徑其將安之朝騁望兮昭亭夕宿兮雙溪網蕙茝兮為葢葺蓀蘅兮為車欲騰駕兮高翔怳導余兮上隮揭北斗兮奠椒漿籔南箕兮羞瓊蕊靈欣欣兮顧余亶正直兮為神祇 右中水府

汎汎兮吾舟沛吾車兮東流東流兮何之有美人兮天一涯

烟冥冥兮南徐雲連連兮北固海何爲乎淸明江何爲乎流
注彼美人兮山之曲鎭龍關兮轉陰軸約束海若兮呵水馮
夏不苦雨兮冬不疾風汙邪穰穰兮海沂阜豐我民報事兮
罔有不恭采秀實兮山巔擷芳馨兮澗底霜秈兮水芒蕙肴
羞兮椒糈神之格兮樂享惚蜿蜿兮來上 右下水府
鍾山萃兮江之湄蒳爲祀兮辛夷祠神乘白馬兮執素羽朝
與日出兮暮雲歸噫嗟兮明神烈烈兮用光生平疾盜兮奮
不顧死死爲助順兮赫然發靈湛淸尊兮明水揚玉桴兮扣
雷鼓扣鼓兮如何我欲言兮淚滂沱壙有妖兮蟠中土雜蘅
皋兮穢蘭宇豺豕兮人居猰貐兮室廬願神我福兮我祥舉
長矢兮射天狼使河洛兮回波合岱華兮還光山蒼蒼兮水
湯湯神之威兮儼不忘刳肝爲辭兮瀝血陳神之聽兮聞不

聞右北山之英

强敵驕兮晉多壘忽登山兮望廷尉倏風霾兮殺氣昏突槍櫑兮亂鈎陳予君麾兮從君鉞戰陵西兮桿溪柵虹食壘兮火焚旂公之死兮去如歸公有子兮憤爭先勇沒地兮羞戴天父死忠兮子死孝令名揚兮日月照物有始兮豈無終得所歸兮孰如公喜生幸兮畏義死語夢夢兮顧妻子草木盡兮糞土委聞高風兮汗流趾 右卞忠貞公

崔敦詩

敦詩字大雅敦禮弟紹興庚辰進士歷至侍講直學士院有玉堂類稿西垣類稿敦詩鐃歌鼓吹曲十二篇文集二十卷奏議總要五卷制海十編鑑韻五編通鑑要覽六十卷今皆不傳其玉堂類稿二十卷西垣類稿鑑卷皆制鑑文字附錄一卷則告詞祭文挽章也嘗奉詔更定呂祖謙文鑑中奏議亦不傳淯熙九年卒年四十四贈中

大夫娶將作少監錢俁之女子端學韓元吉爲墓誌

金國賀正旦使人到闕集英殿宴口號

殿頭清蹕起晴雷萬歲聲中扇影開曉日青旗明絳闕春風黃繖傍瑤臺卿雲湧瑞扶天座仙露流甘入御盃要識八荒俱壽域年年常看使星來

瀨上貞義女祠

生平愛遊覽維舟瀨江潯再拜謁貞女清風灑煩襟貞女不可作蠹然傷我心荒涼古祠下落日滄波深穹碑當道周剝落莓苔侵留此萬古名不與形俱沈

李處勸

處勸字勤仲豐縣籍邯鄲公淑之裔南渡初宰上元因家焉建康志上元令題名建炎初失載紹興元年以朝列大夫知

衢州直秘閣赴召改知宣州

題翠清閣

南柯一夢還不待黃粱熟脫身解印綬矯迹囘林麓珂聲繞危磴旆影照飛瀑殷殷倚巖峰豔豔窮籬菊佛宮古藏勝釋子出迎肅軒楹架碧崖鐘磬響幽谷好鳥獻晴語幽蘭吐寒馥少焉恥奔競老矣厭羈束游宦非養高勇歸乃知足嘯裏藏至音琴中隱眞曲注目久無言呼童取醽醁

李處權

處權字巽伯處勱從弟父傳正大理少卿處權少承父訓又學於段處厚約中更兵火奔迸遇物託興未嘗一日廢有崧庵集六卷張巨山遺巽伯日近來朱希眞報巽伯寄示夢歸下賦文采不減兩漢字畫遠追晉宋當今第一流也瀛奎律髓云巽伯南渡後嘗領三衢

溪清獨釣

壽景如發蒙幽人事臨眺山明乍開屏水淨新拭照百年能幾醉萬事付一笑綸巾稱芒屩持竿坐窈窕勿謂吾鈎直我意不在釣獨鶴何處來寒雲發清叫乃以聞天聲和此登臯嘯我亦遺世人與爾豈殊調

送二十兄還鎮江

此行檢校幽棲事佳處知公故未忘新筍定應過毋大舊松想亦及人長老來對客須靈照貧後持家藉孟光世亂身危何處是二年孤負北牕涼

李處全

處全字粹伯豐縣人遷居溧水紹興庚寅進士歷知袁處贛舒等州官至朝議大夫　粹伯慕劉杼山之爲人文章閎肆詩體兼

衆長字晝道麗姪炳字子權知無爲軍舒州卒亦有
聲稱墓在溧水州西南大石山建康志忠肅劉公祠
記李處全撰并書孝山志凝神庵
記李處全撰舍利泉記李處厚撰

中書舍人崔仲由挽章

雅望高簪履昌言動冕旒五花方判事萬戶合封侯未換黃金帶俄成白玉樓匆匆大槐國起滅等浮漚

周洎

洎字子及臨海籍乾道丙戌進士授新昌縣尉監淮西酒務淳熙戊戌中博學宏詞差江東憲司幹官因家建康除太學正劾王抃以直聞俄以憂去復除國子監主簿論邊防八事將召試館得暴疾卒

拜卞忠貞公墓

晉鼎危危姦人窺孰謀國者如兒嬉陷穽弗設延虎豼虓闞

搏噬嬰者摧羣公奔潰不敢誰下公力疾起督師謂事迫兮奚生爲以肉餧虎吁可悲公則死兮二子隨偉哉忠孝萃一時維忠義兮天所資向來謀國如蓍龜不用吾言至於斯爲社稷死則死之治城之麓江之湄荒冢突兀如豐碑半生讀史長歔欷拜公之墓涕沾頤死者可作吾誰歸嗟哉江左固多士往往所欠惟一死元規兒輩何足罪王公偪仄石頭裏氣息奄奄有如泉下鬼蘇武之節不如是視公胡不顏有泚男子之死一言耳死而不亡公父子

劉宰

宰字平國金壇籍紹熙庚戌進士歷擢直顯謨閣主管玉局觀皆不拜隱居溧水又遷茅城居焉（茅城今高淳地）卒諡文清有漫塘集三十六卷宋史有傳

送衛汝積歸句曲

汝積歸路過獨樓岡入亭子谷二處相去里許而下瞰數百里邸陵川澤若錯繡然谷中縈紆峭險下有流泉疑有幽人勝士嘗建樓岡上以極臨眺著亭谷中以貯幽勝以其亭多而樓獨故曰獨樓柳子厚所謂游之道二曠如也奧如也此蓋兩得之歲久樓傾亭廢而名尚傳若鐵爐步然山居皆樵蘇之人無能解其義者遂意獨樓爲髑髏而以谷爲孔是又與小姑嫁彭郎同義吁可歎也因汝積路出其間爲辨證以刷是岡之恥

樓岡亭谷萬山西縹渺炊烟出翠微歸路正當清晝永離懷莫悵白雲飛學醫要使人無費問道須知昨已非好向庭闈商略此短章中或有元機

北固山望揚州懷古

北固城高萬象秋烟竿一縷認揚州試乘綠漲三篙水要見朱簾十二樓淚溼宮衣朝霧重愁薰寒草夕陽浮隋堤舊事

無人問兩兩垂楊繫客舟

玉糝羊歌

華陽洞口玉糝羊世人傳得神人方雪團入口桂椒香能令老者壽而康瑤池玉佩正丁當箬笆聊薦九霞觴世言神仙不鮮食矧平山中果何物桃源更有避秦人割雞爲黍迎來賓

石翁姥

采石江頭風晝息掀天雪浪平如席沿厓小泊客心寬攀蘿曾看望夫石天涯望斷人不歸露寒猶想淚霑衣爭似石翁攜石姥年年對峙夾岡道人歸人去我何心雨沐風餐人自老比翼鳥連理枝年多物化徒爾爲長生殿裏知不知

張侃

侃字直夫湖州人參政嶽之子監犇牛酒稅上虞縣丞嘉定中爲句容知縣罷官遂家焉有張氏拙軒集

四月初五日自白門之丹陽宿於驛亭中是夕風雨大作

輾轉耿不寐青燈遥夜闌關河千里遠風雨一窗寒旅食腰圍減征鞍髀肉酸想知雙鶴髮朝夕望平安

爲茅峰崇禧主人景架巖贊王肖岩所寫喜容

虬髯如雲眼如月胷次毫端一泓雪政恐儒冠或誤身尙友虛無老莊列松陰泉影緑悠悠此時此意如何說三貢跨鶴夜相從長嘯一聲山谷裂

劉　翰

翰字武子楚人家於秦淮有小山集韓淲澗泉集寄劉小山武子老

丈云秦淮東畔得詩人踏盡前朝陌上塵寺外殘陽見光宅苑邊芳草憶臨春空餘王氣金陵古猶帶歌聲玉樹新羸馬倦童應獨往舊時明月恐傷神

翠屏曲

小亭簾幕垂陰陰梅香入枕春生屏西牕月落翠被冷烏聲殘夢東風醒三年不喚清溪渡夢裏瀼西春水路江頭女兒雙翠眉能唱劉郎芳草句

種梅

淒涼池館欲棲鴉彩筆無心賦落霞惆悵後庭風味薄自鋤明月種梅花

石頭城

離離芳草滿吳宮綠到臺城舊苑東一夜空江烟水冷石城明月雁聲中

李　兼

兼字孟達宣城籍居建康嘗知台州卒吏民爲之巷哭罷市有雪巖集爲楊誠齋所稱

鍾山

白鳥江天闊青山佛閣重影孤寒日塔聲殷暮烟鍾異世文中選當時鏡裏容猶傳遺蛻骨只在此高峰寶公塔在山頂世傳梁昭明乃寶公後身

周文璞

文璞字晉僊先世由陽穀避亂南遷晉僊居建康痛中原不復作鍾山賦以寄慨又作陳武帝墓前石麟賦投金瀨賦俱爲當世所重有方泉集四卷晉僊嘗往來姑蘇武林多句曲之詠陸劍南寄以詩云信哉天下有奇作久矣名家多異才

南華陽洞

稽首遊名山駕言入華陽南洞極秘怪松華泉水香曲几妙隸畫殘碣刊靈章俛首試一闚冷風襲綃裳守菴敬愛客暖我紫朮湯遺我鬻眼錢云是洞所藏往有尋幽徒入見黃金牆侈心或已起幾受奇鬼戕身儻獲會遇敢恨飛蓬霜更丐一片土小築安閑房朝披神芝圖暮試餌飯方

法寶寺

細竹千竿殿影斜龍顏曾此著袈裟寺樓杳杳鐘聲度疑有宮娥出晚花

桓野王畫像

胡床三弄清溪笛嘆息欷歔太極箏惆悵斯人風味減江花江草不勝情

弔青溪姑詞

青溪之濆有小廟焉相傳以爲溪神蔣子文之妹也旁二偶人陳叔寶宮人也癸酉歲或言有妖據之郡太守毀三像于溪中而瘞其廟彼亡國妃嬪可棄也姑不可棄善惡無別而廢者古今不可勝數也何獨此哉因感之爲弔詞曰

投余兮綠波彼土偶兮奈何余魂兮無依依余兄兮山阿兄姿兮甚雄青骨兮朱弓稱天兮訴余冤令讒夫兮不終

陳已

已字九成豫章籍自幼能屬文通周禮及書春秋亦工於詞賦壯遊金陵從學者衆因家於鎮淮橋西之竹街受其業者與計偕登上第者皆有聞于時晚年厭科舉業潛心義理之學吟詩著書以自適湻祐中閫師嘗薦於朝稱其問學操守窮堅老壯將表章之

遽以疾終有周禮詳說四書講義南窗漫錄傳於世

余居竹街起看山樓喜而有作

暫得觀書眼便明抽殘亂帙任縱横開窗恰好山能入負郭何須田可耕半畝烟雲支舊榻一樓風雨對孤檠烏衣冠蓋空陳迹只有松筠不敗盟

曾極

極字景建一字雲巢臨川籍慨慷尚氣節朱晦庵重其人蔡季通赴貶所極以詩送之居建康詠行宮古龍屏風云可惜舉空千丈勢翦裁今入小屏風當國以爲訕謗又有句云九十日春晴景少一千年事亂時多爲史彌遠所惡編管春陵卒有金陵百詠樂雷發弔以詩云太極樓頭霽月寒斷絃綠綺不堪彈窗前自長濂溪草澤畔還枯正則蘭蓀野騷魂惟我弔烏臺

詩案倩誰刊傷心空有金陵集留與江湖灑淚看

天門山在當塗西南三十里又名蛾眉山夾大江東曰博望西曰梁山又號東西梁山

鯨翻鼇負倚江潭天險由來客倦談高屋建瓴無計取一梁剛把當殺函

同泰寺在臺城內梁武帝窮竭帑藏造大佛閣七層爲天火所災

布刹開齋涕泗揮大通基在昔人非此身終屬侯丞相誰辦金錢贖帝歸

鐵塔寺元懿太子殯宮在焉

逝水無情去不回黃簾窣地隔風埃摩挲鐵塔堪流涕此是先皇思子臺

王荆公書堂

致君堯舜事何難投老鍾山賦考槃愁殺天津橋上客杜鵑

聲裏兩眉攢

蘇洞

洞字召叟丹陽籍魏公頌之元孫祖師德字仁仲通判建康訪尋六朝舊跡萃集爲圖召叟幼從祖父宦居建康嘗入留守趙善湘幕爲删定官薦於朝恥謁史彌遠不赴有泠然齋集

金陵雜興

朱雀橋頭觀闕紅角門東畔好春風人家一樣垂楊柳種入宫牆自不同

蘼蕪㵎邊春草青桃葉渡頭江水生女郎到此歌一曲不盡今來古往情

龍虎江山未改形臨高一目但青青春風豈是無才思不洗

從來戰伐脞
龍光寺裏只孤僧元武湖如掌樣平更上雞籠山上望一間
茅屋晉諸陵

沈大椿

大椿嘉定中官眞州判官宋亡隱居六合遂家焉

自維揚回眞州

青蒲短短柳斜斜入眼新愁亂莫遮雨潤固應宜筍蕨風饕
端不貸鶯花春來止酒常應病客裏逢人祇問家安得扁舟
下荆水一歸老我舊生涯

文復之

復之字廷實合州人寶慶丙戌進士第三人及第歷
至朝散大夫直焕章閣主管成都府玉局觀經建康

爲留守馬光祖所留遂居建康修文坊馬家巷宋亡元廉左丞希愿宣撫江東待加師友欲薦之仕力辭不應以經史自娛終其身郡之琳宮佛宇多其文章子撥宋六部架閣遵父志亦不仕案蜀三大神祠有文復之記卽洞神宮也

劉伯林自泰州歸箭瘡毒發卒於金陵私第詩以哀之劉名虎時寶祐元年

飛矢流殷鼓不停裹瘡飲血報朝廷正驚北極纏兵氣忽見南天隕將星潮湧海陵心自赤雲歸鍾阜骨猶青舊時部曲餘恩義說著將軍總淚零

梁　棟

棟字隆吉湘州籍遷居鎮江弱冠領漕薦登咸淳戊辰進士第選寳應簿調錢塘仁和尉宋亡弟柱入茅山爲道士因往依焉卒葬建康鳳臺西鄉

金陵廢宫

六代俄然又一唐青山坐閲幾興亡心知江左非王業口説中原是帝鄉落日有時登北固春風吹夢過錢塘荆墳檜宅依然在留與烏衣話短長

登鎮海樓聞角聲賦

聽徹哀吟獨倚樓碧天無際思悠悠誰知盡是中原恨吹到東南第一州

陳鈜

鈜字宜之號月觀當塗人宋咸淳辛未進士第三人授鎮巢軍判官辟建康閫幕因家焉至元乙亥不署降名有司根捕甚急衰服詣轅門不拜命攝府學教授不受月俸託疾以歸學者稱慈湖先生有慈湖文

集金陵新志賈似道當國狀元張鎮孫請鉞同作啟謝宰執鉞毅然不從曰天子親擢上第宰臣何以謝爲賈聞之不說宋亡所作詩文書甲子優於禮學事繼母至孝卒年五十四其子孫附儒學籍

遊仙詩

芝蓋翩翩駕鶴羣鳳裘趨詣玉晨君散仙懶執魚鬚笏自製荷花翦白雲

黎廷瑞

廷瑞字祥仲鄱陽籍咸淳辛未進士授肇慶府司法參軍需次未上宋亡以隱終與陳鉞同居金陵有芳洲集

新亭

不復新亭淚其如感慨何北風吹草木西照滿山河王謝文孫少蕭陳短夢多庭芳搖落盡江上有漁歌

答客問

錫號脩閒客山中管白雲自稱前進士人喚故參軍花影供吟課茶香策睡勳客來談外事去去不煩君

孔潼孫

潼孫至聖二十三世孫德祐末官建康教授遂家溧水生四子文昇文昇文得文旻宋亂道梗文昇娶於溧水遂家於遊山鄉明時析置高淳縣是爲高淳孔氏之祖

紬書閣

閒登高閣俯清溪往事紬書憶欲迷逝水不禁隨夢遠好山依舊入簷低百年事業銷鐘鼎千里關河畏鼓鼙何處更尋王謝宅新亭花落鳥空啼

廖應淮

應淮建昌籍居建康善占驗著元元集歴體星野指南詳金陵新志

酒酣歌此示殿院曾淵子

禽聲兮啾啾草色兮幽幽風慱慱兮火怒泉殷殷兮血流屋將焚兮燕呢喃以未已鼎漸沸兮蝨婆娑其不休歸去來兮不歸兮焉求

諸葛舜臣

舜臣字用中丹陽籍𩥇敏公賡之裔孫宋末不求仕進隱居茅山自號淸微觀主元初屢徵不起

華陽山堂落成

小築莵裘石磴閒登臨極望意蒼然三更栗葉中峯雨四月桃花一洞天時聽茅君歸碧落恍聞玉女鍊丹鉛江湖萬里

孔潼孫

潼孫至聖二十三世孫德祐末官建康教授遂家溧水生四子文昇文昇文得文昱宋亂道梗文昇娶於溧水遂家於遊山鄉明時析置高淳縣是爲高淳孔氏之祖

紬書閣

閒登高閣俯清溪往事紬書憶欲迷逝水不禁隨夢遠好山依舊入簷低百年事業銷鐘鼎千里關河畏鼓鼙何處更尋王謝宅新亭花落鳥空啼

廖應淮

應淮建昌籍居建康善占驗著元元集歷髓星野指南詳金陵新志

酒酣歌此示殿院曾淵子

禽聲兮啾啾草色兮幽幽風⿰火專⿰火專兮火怒泉殷殷兮血流屋將焚兮燕呢喃以未已鼎漸沸兮蝨婆娑其不休歸去來兮不歸兮焉求

諸葛舜臣

舜臣字用中丹陽籍簡敏公賡之裔孫宋末不求仕進隱居茅山自號清微觀主元初屢徵不起

華陽山堂落成

小築菟裘石磴間登臨極望意蒼然三更栗葉中峯雨四月桃花一洞天時聽茅君歸碧落恍聞玉女鍊丹鉛江湖萬里塵埃遠留得深山一道泉

金陵詩徵卷三十六終　江甯陳作霖校字

上元朱緒曾編

元

張　頊

頊字達善其先蜀之導江人蜀亡僑寓江左至元中行臺中丞吳曼慶聞其名延致江甯學官從遊甚眾遠近學者稱曰導江先生有經說文集行世元史有傳

復孔子手植檜

孔廟有宣聖手植檜燬于丙戌之火根或戕之後八十年歲在癸巳是爲至元三年導江張頊爲教授甲午仲春東廡頹阯壁隙閒茁焉其萌復植于故處矢之曰此檜日茂則孔氏日興明年翠色葱然詩以識之

茲檜之幹高參於天茲檜之根深及于泉爲聖手植曰歲二千氣芳而達色殷而堅崑岡塡玉斧斯茹連嘉種衍芽茁乎甕牖孔氏以興矢言有焉粤若三祀葱葱芊芊聖道以續聖澤以延自今以始千億萬年

傒玉立

玉立字世玉高昌籍居傒輦河上因以傒爲氏父文質移家瀨水郎今溧水延祐戊午進士歷官湖廣僉事海北海南道肅政廉訪使有淸源續志明丁雄飛曰今溧水多傒姓本元人傒文質後裔世爲瀨渚大族

登德風亭詩

潞郡古黎國歷韓分晉陽右顧帶河汾左揖聳太行高阜俯四十風氣殊勁剛道路閲修阻山嶽互低昂州治列方中有

亭跨崇岡翬飛炫華構迢遞瞰大荒猶如滄海珠羣龍護其傍雲烟忞吞吐巖如發幽光城堞俄前陳冠蓋來相望匪唯壯游觀庶保斯民康孰奏南薰琴於彼君子堂春風偃露草夜月照屋梁持節眺所臨酷暑生清涼俛仰陳迹異對景多慨慷

偰哲篤

哲篤字世南居溧水王立弟登延祐乙卯進士第歷官至工部尚書參知政事句容重修縣學記題正議大夫中書工部尚書高昌偰哲篤撰

題趙千里夜潮圖

風濤洶湧千堆雪拍岸翻空倒銀闕雁聲驚起一江秋萬里無雲挂明月

程端學

端學字時叔慶元籍居金陵至治辛酉進士仕至太常博士有積齋集元史坿傳

乙丑初至江東精舍山主王豈巖寫示詩盈軸輒次首篇韻爲謝

蒼壁衞精舍輕霞冠崇構門逕旣威夷竹樹亦森秀前臨秦淮流後倚鍾山岫道講如砥矢學謹不徑竇高堂奉宣尼兩箱來異茂澗溪虔采蘋尊爵嚴奠酎入者旣得門而漸見美富主人造士心四教順時候顧我如爰居入耳眩金奏滿百不以聞豈但容其後

張雨

雨字伯雨一字天雨原名澤之海昌人棄家爲茅山

道士名嗣眞自號貞居又號句曲外史有貞居集伯雨父逢源字淵甫本九成之後宋末爲漳州僉判有月泉精舍吳人周大靜爲許宗師弟子得楊許遺書外史師事之入開元宮從眞人王壽衍爲道士趙松雪見其字勁健贈以雲麾碑令師法之書果超越飮酣伸紙作大草尤妙小楷變率更家數世稱二絶嘗入京詩名振一時壽衍復偕入朝被璽書賜號傳欲官之非其志也卽自誓不更出因居三茅所著三世集三卷碧岩元會錄二卷尋山志十五卷

元洲精舍

吾愛柴桑言所居何必廣況此金鄉室寸地皆福壤岩栖晚更幽微雪帶林莽風生獨獸號山空衆泉響有聞唯寂音無垢卽純想昔賢非樂此澹泊欲誰賞

建鄴青溪堂

青溪一曲清如許羽人築堂據溪滸簷間倒景浴朝暾鏡裏

圓文寫春雨暮聲時驚白鳥下厨香日采青芹煮寄語平生
孔稚圭鍾山草堂元不數

畫雪有敘

蔡天啟詩云收得三茅風雨樣高堂六月是冰壺蓋其善畫自稱道如此辛未十二月二十八日大雪戲作畫雪一章

絕笑丹陽蔡天啟愛寫三茅風雨圖三茅得雪眞無價崇徽
閣中不敢摹小峰如玉人絕頂銀橋孤白龍安尾寒垂胡龍
髯膠折青珊瑚營邱索酒乍盤礴老范卻立爲長吁仙人郭
忠恕纈車綱細一作筆界元符瑤臺劃然三百疊金殿玉屏交
網珠天風飈輪凍模糊顛倒元氣朝香鑪半空驚起趙齷齪
鐵冠墮地爲於菟陶塘三館閒研粉縑素鋪王維工寫蒼筤
節韓生貌得詩人驢畢宏韋偃最雄傑一掃晉朝雙柏枯古

名畫史天爲徒安得諸賢折簡呼昌黎雜記正如畫點綴雪
中還老夫不信賞心亭上看袁安一片今在無

元洲唱和

茅山元洲精舍左右眞仙古蹟曰菌山羅姑洞霞架海鶴臺桐華源元洲精舍紫軒火浣壇隱居松玉像龕至治二年壬戌歲道吳興溪上與松雪學士倡和十絕以記其處仍書刻石山中

菌山

靈邱狀三秀紫雲覆其巔易我朝生質閱彼大椿年

羅姑洞

九疑得道女受事易還家詩贈金條脫人逢蕚綠華

霞架海

日芒架金色虹梁飲鳳阿直把天孫袂烏鵲詎塡河

鶴臺

靜夜颯靈風神君語帳中至今雙白鵠時下五雲峰

桐華源

華林清散景丹水碧凝脂落葉秋無數玄（一作宜）都嬾寄詩

元洲精舍

李基遺故鼎趙嘯絕風雲悠悠千載下更復屬夫君

紫軒

元窗太霞氣赤書洞古文借問軒中主莫是紫陽君

火浣壇

眞火本無候眞人自出現問埽劫灰餘幾見紅蓮變

隱居松

露壇栖妙蔭仙籟降靈芬何時三易帔重拂兩梢雲

玉像龕

瑞儀溫比玉一作德寶帔曲流光稽首大司命料理住金鄉

句容趙漢章松澗堂

誰展虛堂坐翠寒從橫圖史有餘寬樹枝曾閱嘉平臘石甃猶含抱朴丹靜士心源如白水老人年鬢比蒼官清流蔭映芝蘭秀我欲相從賦考槃

燕口洞

岩扃岫幌杳難期欲寫黃庭寄所思誰信碧桃花落去丹砂空浸漚麻池

丁　復

復字仲容天台籍官集慶路學訓導因移家金陵有檜亭集九卷檜亭負詩名延祐初游京師與楊載范梈同被薦辭不就放情詩酒浪跡江淮三徙居家金陵之城北地既深僻有園亭之勝古檜列植左右蒼茂若雲客至歘坐亭上日翛然以爲樂

名其集曰檜亭金陵新志卷尾校訂姓氏有訓導丁復知至正時曾官儒學也其壻饒介之門人李謹之各有編輯南臺監察御史張惟遠合編爲九卷至正十年刊于集慶學舍偶檢乾坤淸氣集所錄復詩多出集外中山李桓云君博學才敏爲詩精麗奇偉格超而趣遠上元楊翮云仲容晚歲盤桓于冶城龍河之間灌園自樂引觴揮毫語率高絕

送周士德還北

東風吹花繞白門南人送客開綠尊綠尊空盡客當發白門惜别花無言周郎挾書南州讀濯髮春江水光綠功名早年一唾手鄉里老人皆刮目巍巍廊廟急需材明日辟書天上來鳳凰翩翩下千仞羽翼五彩江南臺南竹有實梧有樹歸飛即向岡頭去霜風一肅天地春鬱作雲雷散霖雨老夫借屋隣僧房門前蓬蒿十丈長目力苦短耳力強喜聞斯世登虞唐

金陵送人還武昌

相送白鷺洲因思黄鶴樓遥觀禹王蹟重起禰生愁西上不可得東闗曾獨留江吞趙佗石歳月但空流

九日一日游昭亭在宣州

山色江光帶近郊道傍楊柳舞寒條半生九日黄花酒多在西風白下橋千里客游仍暮景異郷人事又今朝老來未遣登臨嬾盡醉東家緑玉瓢

次韻黄雲翼登雨華臺

城郭江山秪舊時野園村巷總新詩衣冠昔日繁華地錦繡春風婀娜枝慷慨莫歌周室黍昇平方報漢房芝願聞聖主賢臣頌最是王裒鬢末絲

近仁臺郎見示樊左司在南臺時憶昨五首柯博士蘇

徵君既爲和之天台丁復僑居金陵草莽之臣也不能細悉奎章故事欽覩先皇潛飛之盛猶能記之僭用元韻以寓鼎湖之思云爾

猶記飛龍北上時從臣鞍馬雁差差鳳皇自是巢高閣螮蝀何因集下墀翠輦看花臨御苑彩毫摛藻綴文漪太平不願論封禪自擬元和聖德詩

猶記奎章擁紫薇五雲流彩日揚輝已頒玉果開春宴亦賜金蓮送夜歸俊逸詩篇臨鮑照風流人物動崔徽還憐杜牧秋娘賦色淡甯堪補舜衣

逢僧話舊

朱雀橋頭白下門舊遊回首幾人存令威不返遼東鶴圓澤難招石上魂金刹火餘灰未冷錦囊詩在墨猶溫南來邂逅

逢僧話老淚臨風墮酒尊

宋无

无字子虚蘇州籍移居金陵舉茂才不就有翠寒集

夢囈語集子虚遊金陵與馮壽之隣居相倡和後歸吳門寄詩懷之再遊金陵遂移家居焉答馬懷香兄弟見訪云乍喜交時彥相尋到冷官似曾爲金陵學職也

句曲王尊師

不與俗人接草堂雲自封有時鍊丹去無處覓行蹤樹暖猴捫蝨花香鹿養茸曾期尸解後終隱大茅峰

秣陵秋晚

天塹鴻流擁積沙石城虎踞謾雄誇山陵青草六朝地巷陌烏衣百姓家紫蓋黃旗消王氣瓊枝璧月弔庭花孤雲更作降幡勢目斷樓船日又斜

陳鈞

鈞字公秉一字太和金壇籍晚移句曲歷官湖南榷茶提舉有靜佳集

題沖寂觀

琴聲邀我鶴壇遊瘦馬遙途得暫休黃葉兩鞋山徑晚白雲一枕石牀秋丹泉月靜曾飛兕怪樹年深欲化牛忽憶波心長嘯客凌波不假碧蓮舟

鄭深

深字浚常浦江籍至正閒薦講經筵陞江東建康道肅政廉訪司僉事卒於金陵北山詩話鄭僉事麟溪義門籍仕金陵卒於任子孫遂家焉從鄭氏奕葉吟採入

寄仲潛弟

池草青青曉夢殘十年萍跡在征鞍不知吟得春多少好託南鴻寄我看

一從筮仕出麟溪驅馬何曾返浙西分付門前橋上柱蒼苔莫掩舊時題

鄭濤

濤字仲舒一字慎齋本浦江籍深之弟至正間薦爲檢討助教國子應奉翰林遷太常博士

北山詩話鄭博士仲舒與兄深俱家金陵因兵阻不歸族兄濂字仲德自號采苓子明洪武中至金陵博士有和詩蓋明初猶存也

臥病金陵擬寄仲本兄

蘭陂居士一老仙自我不見踰十年昨宵承顔忽入夢雙瞳炯炯眉蒼然手持瘦策烏籐鮮口誦抱朴元眞篇壓寰百念日紛擾笑我凡骨何當澗奔泉落石雨飛洞曲水杯流會坐

共斕斑蒼蘚蕊珠巖巖上雲飛目同送誰知城市異茅茨只今寤寐惟心思終當歸尋舊遊樂共采元麓山前芝

鄭枋

枋字叔車深之子浦江籍居金陵北山詩話叔車族兄杖字叔韡宋景濂妻以女有金陵歌送夏博士云君不見石頭城高高且厚虎踞橫當大江口飛樓傑閣似蓬萊十里春風御溝柳紫薇閣中多賢良黃衣博士稱時英手持丹詔來海邦一語自足安邊疆功成返駕不辭綏路路垂楊碧如翦聞道金陵多好山此行須洗平生眼有時醉眠江上樓酒酣政是蘆花秋蘆花八月散如雪滄波萬頃飛白鷗夜深涼月生海島照見茅山一點小明朝騎馬京門道莫遣傍人窺諫草附誌於此

即景書懷

數盡江南數十鴻鵠聲依舊小樓東釣無紅鯉書何在山滿白雲情正濃藉草不堪成短夢開簾無處避殘紅夜來銷滅愁入雨全在芭蕉半捲中

艾樸

樸字元守，移家金陵，有山暉堂集。余得山暉堂集六卷，題元艾樸元守撰，萬歷三十二年裔孫容校寫本。因居金陵而子孫遂家焉。江西詩徵亦失載。有至正甲申番禺李存序云：山暉堂者，同里艾元守之所作，而學士虞公所命名，且爲之記者也。元守，鄱陽人，弟闡爲僧于閩之冶城，因依焉，後復遊金陵。

鳳皇臺

高臺猶有鳳凰名，臺下金河繞帝庭。淮水漫流千古恨，鍾山還帶六朝青。風檣積雨丹陽渡，酒幔寒花白下亭。欲把一杯招李白，海天霜雁晚冥冥。

冶城客夜

鐘斷夜色寒，孤吟客衣薄。月色半城虛，砧聲四隣作。更殘酒氣微，坐久燈花落。乘興理歸帆，四望無諸郭。

月忽難

忽難字明德蒙古色目人至正間歷官江浙財賦副總管以足疾去元亡隱烏江袁古香云明時江浦有月姓乃元總管月忽難之裔

遊茅山

大茅峰頂神仙府石徑崎嶇幾屈盤老兔幻來呈玉印蟄龍飛去賴金丹喬松白鶴天壇遠流水桃花仙洞寒何處吹笙明月下珊珊環珮欲驂鸞

何致中

致中字鶴齡宛陵籍隱句曲自號華陽山人

山居春暮

苦楝吹香柳絮飛杜鵑聲裏夕陽微惜花誰唱留春曲山雨

滿簾春自歸

金陵詩徵卷三十七終

上元蔣師轍校字

金陵詩徵卷三十八 寓賢四

上元朱緒曾編

明

涂　潁

潁字叔良進賢籍移家金陵龍鳳時爲中書典籤太常博士

秋夜和黃典籤

遥夜天宇迥開軒坐前楹月華臨水動凉風滿庭生屢惜元景至悟茲塵慮輕疏星明玉闕委露浥金莖流序倏將邁嘉朋紛遠征徵才旅羣彥鳴佩集玉京文詞賁麗澤笙磬感同聲非比江湖客馳心摇懸旌

冷　謙

謙字啟敬嘉興籍洪武初太常協律郎居冶城朝天宮或傳仙去

題燕肅山水卷

依稀廬岳高僧舍仿彿商山隱者家我亦抱琴來谷口白雲深處拾松花

沐英

英字文英定遠人封黔甯王謚昭靖明史有傳昭靖王以征南右副將軍下雲南留鎮其地洪武二十五年薨以喪歸金陵賜葬觀音山沐氏雖鎮滇世家南京元津橋西里第迨受封始赴滇薨必返葬太祖多從金陵舊姓大族于滇今滇南人宗譜每云元末居上元縣花石橋或云楊柳灣皆從昭靖者也昭靖詩從劉彥昺春雨軒集采出知沐氏詩學有自來矣

贈掌書記劉彥昺之東阿

大府多軍務頻年案牘勞邀廷宮漏囀簪筆殿香飄柳外流

鶯語花邊立馬驕莫嫌州縣職漢業說蕭曹

鄧雅

雅字伯言新淦籍洪武初以賢良徵入京師授翰林檢討有玉笥集金陵瑣事云鄧伯言金陵人幼遊玉笥山詩有洞天明月一雙鶴澗水碧桃千樹花之句潛溪宋學士濂賞之言之高皇帝得召見令作鍾山晚寒詩詩成有鼇足立四極鍾山盤一龍句上閱之拍案大喜伯言伏丹墀誤疑上怒遂驚不能起扶出東華門始甦次日授翰林檢討路鴻休人文略亦同皆以爲金陵人余於文瀾閣假鈔伯言玉笥集九卷末一卷爲朝京紀行詩鍾山詩列爲首篇戴正心序稱爲新淦鄧伯言知其隱居玉笥徵入金陵故亟錄之

應制賦鍾山雲氣沍寒詩首句乃御製也

沍寒雲鴻濛維時屆嚴冬乾坤既定位造化乃有功聖人昌國運父老歌年豐鼇足立四極鍾山盤一龍風雲常變化草木自葱蘢帝德邁三五君門深九重金陵勢佳麗芒碭氣鬱

懃永世立基業羣經知統宗遐邇遵教化臣子效精忠三誥
比謨典萬幾思始終憂民至懇切論道每從容田野被休澤
閭閻還古風咨詢及耆老歌舞效兒童承詔上金殿命題勞
聖衷臣才實蹇澀臣貌復龍鍾豈有涓埃報深知眷顧隆上
林春欲動大地雪猶封何物耐寒氣青青萬年松

送劉進士允泰赴召

故家文獻春秋學亂後還山臥碧雲聖代忽聞徵賈誼才名
終不負劉蕡六朝帝業山河在萬里天衢雨露分爲報鳳皇
臺上客幾人漁釣楚江濆

題高崇節地理卷

高君行年六十餘壯心猶似千里駒平生蹤跡半天下手持
幾卷青囊書青囊之書世徒有妙理何人熟參究高君讀誦

口瀾翻要繼景純千載後君不見黄河萬里天上來崑崙太華俱崔嵬乾坤定位聖人出金陵王氣何佳哉請君直上金陵去徑叩天關與天語龍蟠萬里帝王州四海蒼生待霖雨

鄒幼亭爲録玉笥集

習隱猶南郭知音似子期不關塵世事爲録老夫詩竹映當窗几雲生洗墨池遥知揮灑處竟日不知疲

史　謹

謹字公敏洪武中徙金陵崑山籍號吳門野樵洪武初謫居雲南後用薦爲應天府推官降補湘陰縣丞尋罷歸居金陵以終有獨醉亭稿

摩尼嶺

昔聞摩尼嶺今次摩尼驛自分天地來險障西南域山高日

色冷悲風慘松柏人烟渺何處我心恆戚戚空畏豺虎餐行人自相食吁嗟微命存苦被瘴癘襲生者含瘡痍死者委荆棘骨肉不相保棄擲如瓦礫眷兹飄零際沈痛迫胸臆去家日已遠前程杳難極蔽體無完衣充腸但梨栗徘徊秋風前倚劍三歎息

下馬坡

危峯戴孤驛微路掛絶頂蕭蕭林影交慘慘日色暝經過必下馬同行不堪並雖云有騏驥健步何由騁俯首視平川落落深如穽顧兹閒關際豈不念鄉井少憩嘉木陰神魂覺蘇醒松風蕭瑟來吹我衣裳冷緬思青雲衢默默徒延頸

陪景章諸公遊城南蘭若

鍾山之南山上頭蘭若倚空金碧浮一丈斑簾捲秋色白雲

似水簷前流座中之八五雲吏醉賦登樓立雲際筆驚風雨落蠻箋字走龍蛇出天意聲名自此輕元白賦罷高歌鬼神泣落葉無聲捲地來石闌干外西風急

西山精舍爲文先生賦

憶造烟霞境如登吏隱亭捲簾千樹碧拄笏萬峯青襉戶蜂留蜜松巢鶴墮翎今朝銀漢上清夢繞柴局

山居和茅山張外史韻

長松陰處蘚斑斑松下柴門晝不關一片山光來鳥背數聲漁唱隔溪灣洞天不雨雲常溼閬苑無書鶴自閒憶訪茅君騎虎去紫簫吹月過前山

遊天界寺

行隨山色向招提林壑清幽待賦詩地暖漸生眠鹿草松枯

欲折掛猨枝學飛乳燕還巢速趺坐高僧出定遲笑我白頭車馬客座中無酒却攢眉

覽秀樓

百尺飛樓萬仞山吟邊終日捲簾看殘霞擁樹作秋色空翠襲衣生暮寒况遇茅君爲地主合教宏景掛朝冠何時動我登臨興來倚西風十二闌

題畫

數株烟柳綠毿毿兩岸青山起暮嵐多少天涯未歸客卻從畫裏望江南

文鎬

鎬字仲京鎮江籍居金陵洪武初徵爲禮部主事有鳳臺集

春曉詞

鴉啼細柳東方明井上轆轤牽水聲花奴滿堂開翠屏銀鑪燒麝霏烟輕西原落落秦川路白馬花鞭幾時去落花昨夜飛成團蝴蝶歸來及春暮

蘭以權

以權字世衡西河籍本姓欒洪武中賜姓蘭授中書省照磨以安撫廣西功陞禮部員外郎進應天府尹因家金陵

題越上人臨清軒

塵境不可居飛錫傍流水高檻接空溟新綠淨如砥孤影過塞鴻悠然逝羣鯉所以川上人於焉契斯理卜築擬幽棲兼足浣塵耳愛此春雨餘波光淨禪几

梅殷

殷字伯殷夏邑人尚太祖女甯國公主官駙馬都尉以總兵鎮守淮安燕王即位陰令譚深趙曦擠死笪橋下有都尉集三卷事詳明史甯國公主傳都尉爲汝南侯思祖從子門第春聯太祖賜句人間塵俗不到處闕下恩榮第一家

言志答茅都憲

旌旗獵獵擁琱戈拔劍中宵斫地歌縱使火龍翻地軸不容鐵騎渡天河臨戎壁壘條侯壯顧命功勳太保多誓掃幽燕報天子一腔熱血豈消磨

姚崇文

崇文華亭籍洪武間官溧水教諭因家焉

涵碧池

一鏡天開入望遥百王疏鑿豈徒勞秋風泛藻元紋細春雨飛花綠漲高烏兎有輝涵日月蛟龍無計作波濤我來醉倚闌干曲俯仰雲霄散鬱陶

張以甯

以甯字志道古田人元翰林學士明初徙家金陵召爲侍讀學士有翠屏前後集明史有傳

送重峯阮子敬南還

君家重峯下我家大溪頭君家門前水我家門前流我行久別家思憶故鄉水況乃故鄉人相見六千里十年在揚州五年在京城不見故鄉人見君難爲情見君情尚爾別君奈何許送君劇不堪憶君良獨苦君歸過江上爲問水中魚別時魚尾赤別後今何如

題句容同林景和縣尹子向規登僧伽塔賦

嵯峩崇明塔拔地一千丈我攀青雲梯倏到飛鳥上微風韻
金鐸初日麗銀牓維時十月交葉脫天宇曠羣山東南奔平
川疊波浪雲間三茅峯環立儼相向碧瓦浮鱗鱗茲邑亦云
壯雞鳴四關開攘攘異得喪塔中宴坐仙憐汝在塵坱古時
登臨人今者亦何往俯觀世蜉蝣仰歎彼龍象乃知崑崙顚
可以小窮壤同游皆俊英超遙寄心賞霜飊天際來毛髮竦
森爽太白去千年吾何獨惆悵

長蘆渡江往金陵

春日三竿上翠屏曉風五兩下蘆汀水兼天去無邊白山過
江來不斷青沙嘴潮迴平雁跡海門雨至帶龍腥昇平不唱
後庭曲睡起漁歌爛漫聽

李祺

祺字承先韓國公善長之子尙臨安公主善長坐罪祺被囚建文初宥之命守江浦北兵入京城投水死

靈谷寺

一徑入青松樓臺峙化工雨深山果落雲入石牀空樹老多巢鶴潭清或見龍上方禪寂地暫得寄塵蹤

謝晉

晉字孔昭一字葵邱吳縣籍以繪工貢京師居金陵有蘭庭集

修竹塢訪蕭隱士

草堂寂寞西澗坳隔林犬吠聲寥寥幽人無事不出戶送客有時還過橋溪上斜陽立將盡莎間細路歸仍遥明朝秋風

桂花發卧穩東山誰見招

春思

簾幕風微篆有香起來時候已斜陽梨花雲冷不成夢蛺蝶一雙飛過牆

沐昂

昂字景高黔甯王次子世居南京以右都督鎮雲南卒贈定邊伯謚武襄有素軒集十二卷明史附載父英傳沐氏世世返葬金陵今總督署稱沐府西門乃沐氏賜宅也昂嘗輯明初名士宦遊謫戍滇南之詩爲滄海遺珠集四冊

送濮參議

分手滇南道離亭酒一尊官程催驛騎邏戍接蠻村雲度秦淮水山連白下門稽勳應有日重見拜殊恩

次瀘州

柔櫓咿啞下納溪雨多秋漲沒漁磯一林橘子垂垂熟兩岸蘆花冉冉飛山氣作雲遮旅店水風吹冷上人衣晚來維棹瀘州上獨倚篷窗對夕暉

次陳大參寓邛竹寄來詩韻二首 錄一

嵐氣氤氳午乍開日移松影墮莓苔山中盡日無人到惟見閑雲去復來

送胡楷軒還永昌

有客乘驂過洱西平原春草正萋萋人烟迢遞連金齒山勢逶迤拱碧雞流水小橋楊柳綠落花微雨鷓鴣啼遥知別後相思處雲樹蒼茫夢欲迷

沐　昕

昕黔甯王四子尙成祖女常甯公主官駙馬都尉

南巖

秀拔中天戴巨鰲瀑聲直下鬼神號氣吞泰華銀河近勢壓岷峨玉壘高日上羣峯明瑣闥風回萬壑湧秋濤紅塵一點飛難到跨鶴人來醉碧桃

沐僖

僖字可怡安邊伯昂之子南京錦衣副千戶贈都督同知有敬軒集四卷

奉和遊靈谷寺

芳草茸茸綠滿隄羣公暇日訪招提雲迷野洞龍初出花落禪房鳥亂啼寶塔光中金作相松崖高處石爲梯老僧入定忘塵事不覺袈裟污燕泥

李　莊

莊字敬中灤城侯傑之子長沙王錡寓圃雜記金陵李莊字敬中懷慶武陟人其父堅以功臣子尚公主爲駙馬洪武三十五年拜欒城侯北征没於王事敬中年方幼期得襲父爵太宗朝公主懼禍納誥券敬中年已長猶未學有勸之者因從草窗劉先生遊敬中爲人襟懷灑落刻意詞翰有所作爭傳之京師稱其佳公子平生雅好鉛汞所費累萬金竟無成人疑其假此以避禍耳其老也髮亦不白齒亦不搖步履如飛年七十九歲無疾而化其亦有所寓也

遊衡陽寺

秋色在何許江山著眼明竭來投野衲頓覺悟浮名酒價村間賤花香梵後清石幢殘字認懷古不勝情

周　韻

韻字英璧尚郢靖王第三女南漳郡主自安陸徙金陵

西池草堂夜集

喜得良宵勝賞同西池景物畫難工綠尊低映亭心月紅藕香生水面風濠濮魚遊眞自得瀟湘雁落望無窮聯吟況復多儔侶清漏迢迢宴未終

周　經

經字伯常陽曲籍移家應天天順庚辰進士由翰林仕至禮部尚書贈太子太保卒謚文端

文端公父瑄字廷玉宣德乙卯舉人由主事歷陞南京刑部尚書致仕故鄉無田宅遂家金陵謚莊懿顧文莊公云尚書則周公瑄山西人葬江甯之黃門山是也文端在清散幾三十年編摩校閱有文章名成化十九年春文華大訓成命進講時東宮每起立拱聽內閣萬安以爲勞謂講官宜跪請坐聽文端時爲左中允與詹事彭華不從竟得如禮弟紘官布政俱家金陵鄭端簡吾學篇訛莊懿爲莊毅訛江甯爲江陵路子儀辨之是已

寄吳門沈石田處士索畫

我不能畫識畫理最愛遊山更臨水憶昔太行徙金陵虎踞龍盤勢迤邐幾年簪筆侍宸居五雲樓閣攀援起南比瀛洲北蓬萊天下山水無逾此平生登陟嗟更多閉目尋思幾千里無才難咏追昔遊壁上欲懸圖一紙某山某水不必名但求神到非形似荊關已去馬夏亡惟有石田沈處士金閶亭暖春風深特遣乘流寄雙鯉

沐璘

璘字廷章昂之孫右都督充總兵官鎮守雲南有繼軒集沐氏三軒集嘉靖元年重刻余抄於四明范氏天一閣素軒恬適雅度敬軒風調流美繼軒規模宏敞才思富贍

題忠義堂

宋羅門里吉安永豐人仕爲武岡教授元兵破江西起義兵應文天祥勤王後被執不屈死於獄文公有

文祭之其七世孫於宣德年間應朝命出穀二
千石起義倉以備賑濟旌爲義民故名堂云

宋室日以頹廬陵陷北虜煢煢信國公竭力復疆土羅君應其聲義旌復此舉勁氣激三軍矯矯若貔虎奈何大廈傾獨木難撐拄城破竟死之志欲繼張許于茲二百年雙節照寰宇有美賢雲礽而能踵其武所遭雖異途所存乃同矩輸粟備官儲於政實有補上以舒國憂下以濟餓寠九重降天書光榮耀庭戶始知文獻裔芳澤久彌溥尚義稱令孫死忠聞乃祖忠義萃一門希世未多覯名堂示勸懲非以事誇詡作詩告觀風庶用垂千古

題雪坡道人清江垂釣圖 有序

予舅氏雪坡顧公子賓敏而氣銳少穎悟不凡雖爲元勳夏國公之元孫鎮遠侯之冢嗣而未嘗以此自居孝於親下於友好學而多藝恂恂若韋布士故兩京士大夫多樂與之遊用是名溢搢紳間每侍親讀

書之暇輒效倪雲林作水墨小景趣遠筆妙甚爲逼眞奈天不假年器未試而殂人多惜之今歲春客有自金陵來者以其所寫斯圖遺予披玩之頃欣痛交抱不覺涕之潸然也因賦古詩一章書於上用識哀悼之私云時景泰癸酉仲秋朔也

吾舅出勳閥材器宏以奇翛翛九畹蘭汪汪千頃陂少無綺紈習雅有韋布姿翰墨獨超詣史籀無停披晨夕温凊暇取適琴與詩自署雪坡子將與雲林期方其點染際意到筆自隨江山生頃刻元氣紛淋漓迹超失形似神遇忘元驪下視丹青人紛紛徒爾爲士流獲片楮奚啻千金貲我非宅相賢繆承先世基不幸失怙恃煢煢天一涯任隆才苦薄夢寐思芳規迢遞關山迴荏苒星霜移去歲忽聞訃曷勝渭陽悲今年見遺墨若覩清風儀人亡手澤在懷器竟莫施俾賢勿俾壽理也未易窺麒麟遽死魯鳳凰不鳴岐因興陟屺念詩成

谿交垂

雲津河舟中偶成

山莊開野酌興盡促歸裝風暖水紋細日斜帆影長飽鴉眠犢背饑鷺集魚梁醉耳聞吹笛渾疑是楚鄉

滇池竹枝詞 有序

竹枝詞本巴楚間音也唐賢始模擬其調而詩之至宋寖盛迄有元楊鐵厓顧玉山輩繼有西湖竹枝之作一時唱和者尤盛故吳越中文士亦有東吳竹枝詞然皆能摹寫山川風俗觸景寓情殊有古調可愛也景泰丙子季秋之月予以政餘與一二文彥放舟昆明池上因學賦數章隨得隨錄付黃頭歌之以適一時之樂暨歸弗忍棄去萃爲一帙題曰滇池竹枝詞雖不敢擬先賢之作然我朝大一統文明之化洽八荒而一華夷者於斯庶可少見焉仍希同志者和之不惟昆明之勝亦以見和雅之音初無南北云

船中漁娃風韻多晝槳蕩船長短歌茜衫過膝霞一片鬢髮盤頭雲滿窩

郎采蒲來儂織蒲織成大席那忍鋪青樓置作舞茵襯識得儂家辛苦無

細摺紅裙馬上姝藤花帽子珊瑚珠隄邊下馬喚遊舫載酒與郎同泛湖

白鷗波面半竿日紅蓼灘頭孤棹風欸歌一曲過湖去飛翠紛紅迷短篷

一竿一網作犁鉏朝去暮來常在湖儂家畎畝烟波裏只把魚蝦充稅租

黃茅岡口千丈水碧鳳山頭尺五天天光水色互濡染郎意妾情相蕩牽

螞蜩聒聒夕陽樹魚虎飛飛秋水洲當壚溪女酒新熟招我門前來繫舟

買得棉花儂自彈夜夜紡線到更闌織成大布不自著寄與戍邊人禦寒

昨日燒香登太華山中開徧報春花嘗新僧供粱王菜消酒客求灣甸茶

題風雨漁舟圖

寒雲翳層空暝色生平楚商吹振林巒驚濤滿洲渚漁翁何處歸孤篢立烟雨

陳壽

壽字本仁新淦人戍籍遼東成化丙戌年進士累至都給事中論萬貴妃擅寵下獄尋釋陞大理寺丞改南光祿少卿陞正卿以僉都御史巡撫延綏陞南左副都御史救劾劉瑾諸御史復下獄復薦起巡撫陜

西未幾遷南兵部侍郎陞南刑部尚書致仕家金陵本仁在榆林火篩入寇凡三十餘戰擒斬甚多上軍功時同事者諷壽注子弟名戰籍中公曰吾子弟皆不諳弓馬竟不許解官居南都環堵蕭然不能歸遂家焉公爲言官直論時政不彈劾人曰吾父戒我勿作刑官枉人若言官枉人尤甚吾不敢妄言

延綏雜感

上郡烽烟警純鉤寶劒攜一雕盤日上萬馬逐風嘶軍令嚴刀斗雄心聽鼓鼙死生何足問極目玉關西

趙俊

俊字克用一字雪岩由內江徙金陵宏治癸丑進士河南道監察御史巡按浙江出爲淮安知府罷歸有雪岩集雪岩官御史太監汪直以罪置孝陵請求茂陵司香伙冀復用公上疏論其奸事遂寢正德初瑾用事公以淮陽守中飛語歸居南京閉戶讀書以子兒貴贈如其官

題宋呂元亨畫册

幾番惆悵惜春歸樓閣玲瓏夕照微白到荼蘼紅到芍倉庚啼處鵓鴣飛

朱子宣

子宣字伯鍾莆田籍宏治乙卯舉人甯波府教授陞國子監五經博士以内艱歸服闋陞長沙通判擢雷州府同知伯鍾爲朱槐里尚雲之曾祖始遷金陵

詠竹

歲云暮矣春尚遥天風颯颯鳴寒梢紅芳紫豔盡消歇獨爾勁節當清霄人言此君最堪喜直幹虛心難與比雪霜雖重誰敢欺金石之堅差可擬亭亭有石共盤桓歷盡冰霜不畏寒渭川風生碧翡翠太湖雨洗青琅玕只今攜入湘南道萬

里山川淨如掃朝朝暮暮卷簾看案牘能清公事少從來標
格異尋常鳳舞鸞飛勢莫當欲識此君高節處衡山大別曉
蒼蒼

陳　霆

霆字聲伯德清籍家南京自號水南居士宏治壬戌
進士刑科給事中正德初謫六安州判歷山西提學
僉事有水南集

銀簪詞德清女子沈回奴際元末兵亂匿蘆港中賊獲之求合從容語曰我閨女也必擇日具禮乃可賊信之擕至營是夜拔頭上簪刺喉死

爺孃養我身從小不出戶銀簪雖掠髩荆釵未成婦蘆港深
深孰來此擾擾紅巾照溪水無門別逃避有計深拜跽奴願
從將軍奴尚眞處子辰良日吉禮所重野合私從世應鄙紅

市不疑身免辱愛生者衆愛死獨銀簪不錐股銀簪不刺目
咽喉三寸氣出入此氣一斷難再續君不見元運衰海宇析
人男子官柱國抱持馬足慌拜賊頭上朝簪長一尺

王爌

爌字存納號南渠黃巖籍宏治戊午舉人壬戌進士
仕至刑部侍郎乞養去位晚乃移家居金陵祠長干
里有南渠存稿冠山詩集明史有傳

九峯山

步入仙峯五里程軟泥荒草杖藜輕隔江飛雁橫秋色度嶺
流霞送晚晴采藥不辭蓮岫險濯纓真愛鐵泉清老來百念
俱消歇惟有溪山是舊情

郡齋自詠

我本山澤性，微祿羈一身。戇言輒見忤，屢挫氣益振。感激思圖報，安得避批鱗。譏輔不易治，蒿目皆病民。朘膏競求媚，何以厠朝紳。披衣中夜起，仰首向北辰。

徐　丙

丙字子南，長興籍，正德丁卯舉人，官六合教諭，因移家入籍，轉國子監丞，永新知縣。子南徙居六合，葬於瓜步獅子山。嘗修建學校，王文成公作記稱之。子熊徵以孝稱。

陪林約齋送客宿尊聖寺

偶陪玉節城西遊，蘋花蓼花明汀洲。行杯到手古調發，故人上馬陽關愁。援琴三弄風雨夜，野鶴一聲天地秋。粗豪敧枕不成寐，老劍耿耿横牀頭。

汪　本

本字以正歙人正德丁卯舉人移家南京肄業南雍

卒於北門橋羅鶴子應志其墓

晚興寄羅子應程師魯

白日下平埜長風起層波美人不可見消息今如何愁邊草
木歇夢裏關山多惜哉歲云晏回首髩將皤

溪行呈元之族祖

雨濯山光潤風吹溪響清有懷成遠詠無伴趁幽行野草不
媚世沙鷗豈近名歸來卧松石新月傍林生

黃喬棟

喬棟字以藩晉江籍居金陵官參將

半峰菴聽秀上人彈琴

高僧理鳴琴古調盈入耳濤生松下風龍起鉢中水聽罷猶

泠然月出疏篁裏

馬一龍

一龍字孟和溧陽籍居上元嘉靖丙戌順天解元丁巳進士至南國子監司業有游藝集

觀音山俯瞰大江

大江渺無際山寺寄空濛落雁隨風葉驚鱗起釣筒我將淩碧漢誰爲駕長虹一聽鈞天樂徘徊帝子宮

金鑾

鑾字在衡一字白嶼家金陵有徙倚軒稿蕭爽閣詞稿明詩人小傳云在衡隴西人隨父宦僑居金陵在秦時從胡世甫中丞學制科業來金陵年長家中落棄去習歌詩得江左清華之致性俊朗好游任俠嘗渡江同舟一人有饑色無渡錢代給飲食之後數年經某州見其人以繩繫驛訴曰得十二銖即脫矣如數與之後至楚遇盜登其舟已倒篋有呼者曰此

我大恩人金先生也奈何刼之亟還所掠往來淮揚兩淛所至輒倒屣迎洞解音律酒酣據几高吟中節可聽卒時年九十嘗與盛仲交期於城南高翁家天寒且雪久之方至主人問曰翁方有事娶婦何能來此在衡大笑指杯酒曰事孰有大於此者乎談笑移日始去有二子阿冊阿丹何元朗曰南都徐髯仙後惟金在衡最知音善塡詞嘗取古詞辨其字句淸濁爲一書詞家祖之靜志居詩話白門詩家有金琮元玉金丹赤侯金大車子有金大輿子坤金鑾竹溪均著詩集諸金之中吾必以在衡爲巨擘焉其五七言近體風情朗潤譬諸獨角靈犀近之游塵盡辟矣俞憲明百家詩稱其詩多遠思別于常調

哭湯沂東開府

赤手揮戈日丹心報主時不辭力盡那復計身危夜雨藏兵峽秋風墮淚碑惟餘舊戎馬汗血至今垂

聞倭夷復寇揚州烽戍接境憶昔嬉遊樂土半成邱墟歌酒故人悉罹喪亂望風增愴揮涕寄言

當年歌舞壓隋隄岸柳青青望欲迷蝴蝶不知歸夢杳流鶯空向落花啼尙傳金鼓連關北正想樓船在竹西半夜相思書一紙故應和淚爲君題

感舊

北風吹雪暗江城歲暮天涯共此情試向尊前彈一曲琵琶猶是別來聲

寄吳厚邱

黃金散作買花資白首誰能戀故知同作孟嘗門下客西風吹鬢獨歸時

再過劉月川莊居

馬首西迎返照還斷雲將雨過昭關坐分花氣疑臨水行愛鶯聲更入山魚鳥已通前夜夢風塵盡改昔時顏埜田舊路

猶能記十里蒼巖萬木間

清明客京口袁兩峯山樓値雨

他鄉逢節正淹留海色江聲共入愁南去煙花迷楚苑北來風雨徧揚州林深白晝常疑暮春老餘寒半若秋村酒有時來地主野花無語對山樓

哭壽州范子

故人不見范西河零落河亭舊釣簑宛馬到時芳草盡杜鵑啼處落花多祇緣鍾子琴堪廢誰道張華劒可磨萬畝湖邊一杯酒春風愁見起微波

送北監學錄兩山劉君之任

十年遊宦已三遷漸近城南尺五天洛水春風傳正脉石渠秋雨校遺編向來摛藻慙荀季老去襟期想鄭虔遠别不須

傷歲晏淮陽舟楫遥通燕

秋夜感興

江上孤砧入夜聞月華秋爽滿長安三更漸覺星河淡九月始驚風露寒高枕閑情眠較穩清燈細字看應難小山叢桂年年發何肯從來不愛官

田錦衣園亭漫興

高情最是田都騎買斷城南地十圍種竹盡經霜後活分花多向雨中肥小亭有客春攜酒僻巷無人晝掩扉我亦平生多此興未應心跡與君違

朱艮佑

艮佑字太和吳縣籍居金陵有紀異錄留京偶筆平倭志家訓太和爲海忠介公所知海公卒經營其喪歸葬瓊州人稱朱布衣高誼云

哭海忠介公

批鱗直奪比干志苦節還同孤竹清龍隱海天雲萬里鶴歸華表月三更蕭條棺外無餘物冷落靈前有菜羹說與傍人渾不信山人親見淚如傾

李維楨

維楨字本甯京山籍居金陵自稱大泌山人隆慶戊辰進士授庶吉士累官南京禮部尚書明史有傳

南都

旌旂劒佩擁椒除尚想戎衣革命初綠草不侵雕輦路紅雲常護紫宸居金銀宮闕三山外烟雨樓臺六代餘誰謂長江天作塹八荒今日共車書

舊邦偏霸一隅雄帝命維新自不同再闢乾坤清朔漠雙懸

日月啟鴻濛春開蒼震青陽後斗直黃旂紫蓋中率土王臣修職貢江流萬里亦朝東

張士瀹

士瀹字心父崑山諸生遷居南京自號樂位先生有嘉靖隆慶集心父家羅倭虐奉母避地建康居秦淮上名其室曰清嬾窩請文徵仲手題其顏又丐謝隱君思忠爲圖其貌復于窩之北構龢鶴軒以課二子並自爲之記芋盤桑栫仰屋之餘不忘採討編金華青田以下爲國朝文纂五十卷又編崑山往哲言行錄清嬾窩筆記詩話續博物志十卷俱有自序又搜其先世德字尚猷注字時雨鑾字與鳴爲三張先生詩祖寬歸閒集父廷臣玉山草堂集爲五世合稿其自著有嘉靖集二十卷隆慶集十卷長子棟若字伯任次子文柱字仲立文柱官新建令卒棟若取遺集選十卷合五世集梓之屠緯眞爲之序稱棟若起家都諫出閱九邊經略井井爲文晶鬱卓然名家次子文柱少而博極羣書才名鵲起

送人還吳興

石頭城上草青青石頭城下水泠泠石頭城中遠遊子一朝失意歸鄉里綸巾折角屐無齒赤日漫漫劒光死我歌送汝慘然驚立地西風白髮生古來賢達多未遇從前微尚有誰明於戲安得人間事盡平升沈榮辱總虛名汝歸視汝舌猶在大笑毋令妻子輕

東歸

當年曾託棄繻生華髮將歸匹馬行短劒幾人論慷慨中原羣盜任縱橫天涯芳草王孫路雲裏朱旂帝子城回頭長安吾所羨風塵只恐是浮名

陳鶴

鶴字鳴野一字九臯家世紹興衞武冑當襲抗志不受善詩畫書法遨遊吳楚卒於金陵

翠雲菴

棲禪暫出關行盡敬亭山李白今何在孤雲尚往還泉鳴青嶂外花落翠微閒悵悵層雲際高風不可攀

金陵詩徵卷三十八終

江浦侯宗海校字

金陵詩徵卷三十九　寓賢五

上元朱緒曾編

明

朱廷佐

先七世祖字南仲吳縣庠生移家金陵有春雨堂集

南仲公入蘇郡庠與周忠介友善六合宰米萬鍾及中翰孫國敉延主講席弟子最著者江正言湯允繩孫宗岱孫阿匯沈子遷宋搗之葉令植等南渡後面折馬阮不求仕進著孝經左傳史記注海運備考各郊公稱南仲公有手寫古今書目爲黃俞邰龔蘅圃所得以備史料按黃虞稷家富藏書著有千頃堂書目三十二卷蓋即參取南仲公書目而成而公原書不可得矣

六合孫拱辰有送南仲公渡江之金陵詩拱辰字子極萬歷已卯舉人臨淸知州崇祀鄉賢有賜書堂文集

感興

儒衣滿一國眞者惟一人名盛實則非儒貴守其眞高談窮天地不如省吾身堯舜止孝弟斯言醰乎醰君子疾無稱著書期勿替學術紛然歧文章侈巨麗立言苟不慎且以禍萬世畔道何足責近理患非細奇觚勿輕操儼若臨上帝

珷玞混良玉光影不能徹蛇牀亂蘼蕪馨香不能烈鬱鬱松有心亭亭竹有節鶺濡恥在梁蛾術勤在垤鉛刀有時挫精鋼鋒不折溝澮有時盈江河流不絶

送孫伯觀之京師

冡翳一時掃廓然天宇清詔書求直言側席開延英彼美鬱時棟策馬游上京揚揚揮玉鞭意氣何縱横執手無以贈一言傾平生

君行何慷慨獻策鳳皇城經濟偉抱負欲雪處士聲賈生陳治安終軍請長纓愼勿掇浮辭相期攄忠誠

忠誠何以攄往者倒太阿太阿移寺宦公卿慙五紇蒼蠅亂讒巧清流禍以多猰貐恣搏噬鸞鷟罹網羅天運貴循環皇極無偏頗聖人離照出赫然揮天戈

天戈雖已誅餘孽猶未止射工潛含沙巧何影隨水君子多闊疎小人互周比思患必豫防愼終難如始此義誰敷陳直哉願如矢

如矢不可回義蘊本素具客氣一以乘何以動主悟過激難再言稍懾卽卻顧剴切獻嘉謨不改雍容度得失姑舍旃勿輕占巷遇進身貴有基萬事在初步

初步凜其難長安多畏途五侯雅好客勿向門中趨七貴不

自尊勿爲籠絡愚旬日歷三臺中郎志何渝曲學以阿世平津非眞儒綏轡少顛蹶捷徑乃崎嶇聞君欲仕進投足當踟蹰

踟蹰思自愛心無屋漏欺君子愼出處天下關安危事業完性分非與富貴期鼎食有愧色不如詠樂飢枉道一無濟瞻然誓不緇予言可三復餞別非諛詞

題秦淮長吟閣

秦淮之水向西流秦淮歌舞不知愁西流之水不可挽朝歌暮舞無時休六朝轉瞬猶旦夕辱井臙脂凝石脈江月愛向酒人圓江月主人酒人客後人莫爲前人哀前人曾此邀醉來長江若可使西注瓊樹花新終古開

讀晉書

讀史不爲古人欺稗官之説多支離晉人名節亦所貴何至放誕無威儀乍讀雋語如炙轂揮麈一一星鬚眉纖知瑣屑非史體後賢口實由好奇太眞忠孝有大節絕裾玉臺皆誣辭伯仁剛直見者畏露穢乃屬謗者爲荆州折翼夢誰見始興短轅吾亦疑孫氏陽秋既竄失世説采摭多紛歧新亭流涕中原事半壁亦賴賢者支若使名流皆玷行移鼎何待昌明時挑燈展卷三太息愼勿效顰使人嗤郭象盜莊何貪縱才令瓦石貽吾師

石帆山

一葉隨潮下晴嵐滿四圍江聲摇石走帆影帶山飛白鷺棲明鏡青松挂落暉風湍吴楚隔惆悵未能歸

偕江靈巖登雨花臺小飲

暫快披襟願涼風滿澗阿好山連郭近名士過江多世事屢遷變吾生惟嘯歌登臺聊騁目不惜醉顏酡

龍江暮景

蒼茫烟景暗一幅畫圖收落日漁人港秋風估客舟汀迴寒落雁沙淨穩眠鷗更聽鄉音雜疎燈上酒樓

渡瓜步江之金陵

廿年風雨易萍蹤書劍閒攜別六峰名士誰將眞僞辨東山絲竹北山菘

林　章

章字初文福清籍萬歷癸酉舉人移家金陵發憤爭梗隝獄坐繫南都獄三年出走燕京請出海上奇兵不報復抗疏請止礦稅下獄暴病而卒北山詩話初文七歲能詩

賦羣羊云曾從北海風霜裏件過蘇卿十九年又題韓文公像云獨立藍關雪回看秦嶺雲非干馬不進步步戀明君勢師歎曰此子必忠而苦節倭寇犯閩年十三上書督府求自試行間春官下第走塞上從戚大將軍游座上作灤陽宴朋序酒未三巡詩序並就抗疏請止礦稅兼陳立兵行鹽之策上感動下內閣票擬舉行四明相承中人指闕其事密揭請逮治望闕長歎憤懣撫膺即日下獄暴卒天下惜之徐興公爲之立傳曹能始敘其詩尤時純梓其集予二長懋字君遷交古度卽茂之也初交墓在牛首之高村

白雲觀秋夜

俯仰成何事浮沈寄此身無家逢寺好多病見僧親夜久霜欺客庭空月礙人西風數相過不掃化衣塵

登黃鶴樓作

余被趙氏之冤幸脫爾衡之禍因感二子過此弔之嗟乎今世不可知矣千載之下亦復有弔林章者乎

望裏山川是楚鄉美人何處水茫茫爾衡作客留江夏趙壹辭家出漢陽鶴去未知芳草暗雁來先覺白雲涼倚樓無限

西風意堪與千秋一斷腸

送人

不待東風不待潮渡江十里九停橈不知今夜秦淮水送到揚州第幾橋

秋閨

秋月何娟娟一輪冰鏡冷人心照不見照見人孤影

秋雨何瀟瀟五更滴紅葉滴滴葉間紅可以比啼頰

潛山送友還閩

草草相逢楚澤西紅亭綠酒又分攜人生底事憐雞肋客路長教怨馬蹏舒子州前橿葉暗越王城裏荔枝齊十年歸夢如流水一夜隨君下建溪

吳　擴

擴字子充崑山籍自稱河岳頑仙移家南京築長吟閣於秦淮上有貞素堂集

懷伯兄

老至無家別飄零何處邊音書常不定生死竟誰傳朔雁傷秋思陰蟲攪夜眠空庭孤月下顧影一潸然

九日感事

水寒沙白菊花斑飛將邊陲尙未還空使至尊憂社稷更傳鐵騎隘潼關江深斷雁呼前侶林靜孤雲戀舊山倚劍南天愁日暮肯因尊酒暫開顏

何良俊

良俊字元朗華亭籍居金陵南京翰林院孔目有柘湖集許穀仲貽贈何元朗致仕居金陵次文太史韻金馬來時動鎬京銀魚茭後別西清才人豈厭

承明地高士元多谷口情買得曲池堪鬬鴨種成芳
樹好藏鶯秦淮亦是機雲宅鄉夢休過白苎城元朗
避倭寇移家金陵致仕不復歸
取海上清森閣圖書建四友齋

二月集諸公於四友齋分得嵐字

寒齋忽枉文章客攜得新詩一共參館鬬鳴箏同謝傅坐留談麈似瞿曇聰閒展卷明殘日燭下傳杯帶夕嵐有酒與君須盡醉相逢難得在江南

歲暮齋居有懷包蒙泉侍御

遙憐萬里投荒客此夕歸心折大刀忽見寒雲迷絕塞愁聞落木下臨洮謀身共歎陳蕃拙經國誰明賈誼勞歲晏思君情更切西風無奈鬢蕭騷

王野

野字太古歙縣籍居金陵有覺非齋詩爨餘稾吹劍

稿太古居金陵不輕謁人貴人慕其名訪之累數刺始一報謁蹇驢到門稱布衣王野投刺徑去子僧砌詩有父風

送梅子馬之官長沙

青山滿畫舫帆影度通津秋減江南葉涼生水上蘋人同梁燕別月共旅愁新盛世長沙好之官異楚臣

出郭訪王叟園居

遙想棲託佳春霽引坦步鳥深牆外聞花隔鼻先悟入門及賓館宛若下山路蔥蒨清意滿筍密幾叢樹眾草冗不芟存為蠢動寓草木遂本性愛物見平素人靜池出魚屋衰梁飽蠹壁苔如畫山天然臥游具園叟齒逾耋似鶴林間遇內深冥眞寄外淺備禮數恍惚異世人相對心疑懼雖疑且盤桓嘯歌日至暮

黄居中

居中字立父一字明立又字海鶴閩籍家金陵萬歷舉人官上海教諭遷國子監丞轉黄平知州不赴有千頃堂集文廟禮樂志明文徵論世録明立居馬路街構千頃堂藏書數萬卷性耿介不苟族人爲南大司馬有營弁以千金請託者麾之不顧在上海不受生徒私贄教養士子同於子弟嚴立課程以繙經而較藝士多興者邑爲立德教碑年八十有三聞闖賊陷北京北向哀經一慟而卒子虞龍虞稷

錢棠叟金陵三老圖詩

三老衣冠彼一時畫圖省識起遐思青鞋布韈唐賢像修竹清流晉代詩鳳去梧桐還有樹烏啼楊柳已無枝秦淮烟月經遊處華表歸來白鶴知

注金陵三老圖一爲閩中黄先生海鶴一爲越中薛先生千仞諱岡一爲吳中張先生元著諱肇黄罷牧伯讀書談道僑寓金陵兩先生各爲其師友而來披圖之作在壬午而薛先生之自序書年在甲申夫甲申之金陵異於壬午之金陵六代風流吐納之地前朝衣冠遊冶之鄉生則脉歌於斯沒而魂氣無不之也高山流水乘雲化鶴故冠以金陵書

感也

和可賦亭歌贈唐仲言

雲間唐仲言五歲失明從其兄耳受十三經二十一史輒上口如流稍通大義所纂編蓬集唐詩解愁賦價重一時茲移家白下友人許穉明爲構茅屋以居而亭其前楹黄貞父復取已上人茅齋詩顔之曰可賦因作可賦亭歌索余屬和

王畿翼翼厥民隩六朝佳麗宜小築東來紫氣山嵳峩北引後湖水洄洑橫槎疑過虎溪橋刈草偶成巳公屋屋裏青山屋外亭林木翳然自結束雲間畸客唐先生大隱胸中富邱壑攜琴擔登向此棲日侶沙鷗羣野鷺數家雞犬便成村到處馬牛堪量谷先生兀坐孤亭中客去不送來不速牀頭花影月纖纖枕上松風聲謖謖賦愁或如張說詩應類卜一家已就詹詹言五經全笥便便腹有耳慣能聽何用開眸讀乃

知慧眼足大千翻嫌丁掾多一目余於山水亦情深清音信
不在絲竹與君同作流寓人乘興不時來信宿親人魚鳥可
會心相對泠泠想濠濮安得杜陵賦新詩重爲衡門賁膏沐

閏冬社集永慶寺因登謝公墩四首

香火南朝寺江山謝傳墩我來公已去名是蹟空存欲證超
然志先參不二門登臨能幾屐合檢舊苔痕
金陵多古刹此地更幽偏雅集來吾黨高吟起昔賢林餘千
嶂雪樹冷六朝烟過眼風流盡空歸不住禪
覽勝腸如渴沈陰約屢更茲遊風日美忽感古今情雲物仍
鍾阜人烟尚冶城未能忘小草徒爾負蒼生
冬晷長初閏樽清竟日歡經聲傳竹杳塔影落江寒樹可雲
中辨山宜雨後看不妨歸路晚纖月吐林端

龍潭閣别朱願艮邱思學

湖海相看總布衣江城半日坐忘機乍驚紫氣雙龍合忽聽秋聲一鴈飛座上青山留客醉樽前白雪和人稀春明裘馬長安道猶憶滄州舊釣磯

答李與熙

故國烟霞舊山園薜荔新一杯風雨夜應憶未歸人

送客仍爲客歸人空復情揚州一片月偏向别時明

唐汝詢

汝詢字仲言華亭籍移居金陵有編蓬集

夜别陸長倩

悵别高樓酒易醒坐聞落葉滿沙汀春來倘憶同遊地無限垂楊夢裏青

吳王城

炎靈慘無輝三分爭割據紫髯稱大吳築地此屯戍雉堞奚復存高岡是其處一望但平原驪山登牧豎覽古悄無言秋風起江樹

方大美

大美字黃中一字沖含桐城籍移家金陵萬歷丙戌進士歷官太僕寺少卿黃中巡按江西河南以風節著居金陵捐祿爲小宗建祠置義田卒葬秣陵關之邵村子拱乾盧墓三年草衣木實曾孫雲旅搜得其詩刻龍眠風雅中金陵方氏簪纓稱盛皆其裔也

題白雲寺

林幽風掃翠嵐亭簾是珍珠錦是屏僧去池邊看洗鉢鹿來階下聽談經瀟瀟佛舍雲垂白漠漠君山雨濛青向晚諸天

烟霧裏闇黎稱有少微星

張文柱

文柱字仲立崑山籍居金陵萬歷戊子舉人官臨清知州人小傳云年十二賦關山月詩云閨裏紅顔愁少婦塵邊白骨怨征夫一坐嘆賞萬歷戊子領鄉薦除臨清州守凡四年卒於官

仲立爲心甫之子隨父由崑山移家白門明詩

惜别

惜别復惜别殘更爲爾遥青楓薄命葉黄柳斷腸條天迥遲寒雁江空急暮潮秣陵烟雨際留得鬢蕭蕭

方大鎮

大鎮字君静一字魯嶽桐城籍萬歷己丑進士授大名推官拜江西道御史改按京畿陞大理寺丞晉左少卿使蜀乞休遷南京光禄寺不出自號野同翁晚

居金陵有方大理集子孔炤孫以智

涂太僕揆宇先生滇中寄書答

白雲迢遞點蒼居十載關心萬里餘枕上西風孤客夢天涯北雁數行書黃花並憶漳河賦淥酒相從上谷車夷蹠報施無定論燕山迷望轉踟躕

昔從幕閣泛芙蓉推轂循良見次公帝以司農徵太守人將畏壘祝天雄乞身海上飄蓮葉臥病山中憶桂叢客況且將歌在陸欲乘秋興訪空同

暮秋

高秋鴻雁罷南翔白露丹楓墜草堂三徑誰同彭澤酒一囊仍對薊門霜城邊風笛殘楊柳閣上天書滯鳳凰颯颯松窗搖枕簟夢魂無夜不家鄉

吴用先

用先字體中一字本如桐城籍移家金陵萬歷壬辰進士歷官僉都御史巡撫四川平時播之亂以病乞歸復起爲兵部尚書總督薊遼璫禍起致政卒有周易筏語寒玉山房集本如家金陵有六朝松石其奉命蜀川詩云叱馭王尊惟報國渡瀘諸葛早登壇凡行祇欲邊疆靖奏凱聲聞即挂冠識者壯之

重九雨阻勝遊酌家芙蓉閣

荏苒秋云暮霜露忽淒零片雲挾雨飛寒風肅肅生佳序當九日虛負登高情謀婦具杯酒攜向家園亭佳樹牖中列鳳臺階下陳敞閣暢元覽淸歌發妙音仰霄聽候雁窺川俯游鱗馨香摘蘭蕊斟酌泛菊英雖阻賓朋集聊與骨肉親林泉有眞樂吾欲薄榮名

秋影亭

秋風下一葉月光不可掃幽亭堪據梧閒雲過飛鳥

吳用寬

用寬字體嚴桐城籍體嚴性友愛兄用先卒崇禎甲戌民亂力護持諸孤於白門上客卿叔時年五十

談經虎觀舊知名坐愛清流老濯纓自是蓬壺天外迴可知簪笏夢中輕駒雖伏櫪心猶在鶴但鳴皋骨自清爭說新詩勝高適詞壇誰敵李長庚

吳用鈔

用鈔字士衡一字逸民父玉華廷尉當廕不肯謁選奉母訃馳歸塑父母像終身不出羅寇患徙家金陵

金陵懷古

一曲歌殘王氣銷臨春春盡草蕭蕭軍書席下函仍閉鐵騎城頭𨻶已調玉璽騦驚歸北國美人猶自説南朝賞心亭下孤魂在寒雨淒風自寂寥

黄姬水

姬水字貞父長洲人萬歷戊戌進士避倭寇居金陵有白下高素齋集

訪文德承攝山耕寓

訪爾岩棲者迢迢披荔從閒扉挂層瀑危路隱千峰白首鶡裘客青山石戶農浮生能幾日一别十年逢

同金子坤盛仲交市隱園對雪

遥空散密雪獨往問幽棲不道金陵裏脩然有剡溪凍雲連水合僵木抱峰低晏歲關山夜羈人意轉淒

何如申

如申字仲嘉一字虛白桐城籍萬歷戊戌進士授戶部主事督遼東漕餉歷官嘉湖參政浙江右布政使明史附傳

送黄中介謫任黔中

天涯歧路惜沈淪逐客蕭蕭出薊門萬里長風嘶倦馬五更明月照啼猿君恩豈爲投荒薄吾道翻因去國尊屈指刀環知不遠交情無奈欲銷魂

宿桐城驛

極目關河異驚心驛路名已拚千里意忽向一時生寒雨孤燈色空亭落木聲定知不成寐獨坐夜淒清

何如寵

如寵字康侯一字芝岳原籍桐城萬歷戊戌進士由編修洊至武英殿大學士崇禎辛未乞休賜第金陵因入籍焉卒贈太保諡文端明史有傳有後樂堂文集北山詩話文端入籍後世居金陵省齋先生采郎其孫也

自述 錄七

嘉平幾望始弧懸漉罷椒觴便灑然已老幸當存馬日非賢不畏在龍年寒温厭聽東山語剝啄慵開北海筵枕畔南華遮眼熟衰齡尤愛養生篇

歷落中台映少微夕暉餘照尚依依許身盛世趨黃閣投老名山號白衣似蠹謀生惟食字與鷗結伴共忘機不將晚節汙青史洗耳堯天未必非

君恩轉覺重難酬曲爲農臣逸老謀詔賜秦淮如鑑水家依

鍾阜作菟裘草堂幸免嘲逋客瓜市應誰識故侯卻笑古人名累在猶煩十賚到林邱

白板靑林大道邊尋常封戶一丸堅身癯得健猶賒老晷短能閒亦抵年不必爲僧顚漸禿未曾攲枕意先眠衰殘習氣應全滅萬念消歸五葉禪

羅雀門誰櫂雪航自非支遁卽求羊茅峰夜枕丹爐暖攝頂春鈎藥路長蠲疾舊持觀鼻偈讀書重搆印趺堂世兼出世無奢願聊遣餘生一味忙

枯菀誰知雨露恩看花榮悴悟朝昏微疴自便翻辭藥熱客原疏不署門弔古每思嚴瀨好貽謀應讓寢邱尊歸田娛老惟圖史免記平泉誤子孫

居蘇轉喜後春筵避世偕人白髮賢樂聖好從耆舊社買山

曾賜尚方錢八公地近分叢桂五老峰遥禮白蓮不是沈冥忘帝力病臣衰及古稀年

亮功讀書清涼僧舍詩以勗之

宿慧汝偏具文心久入微但期謀遠大何必羡輕肥事到僧廬滅身應淨土歸若愚眞用智斂翼始高飛客屐休塡戶花房只掩扉交多防晚節名重伏危機茂行莫予毒虚懷知昨非定期繩祖武袖簡莫相違

鮑山

山字元則新安籍移家金陵有野菜博錄元則母羅氏夢梅而生金陵吉祥寺有古梅元則母生而寺之梅萎而竹生迨其母卒則竹斃無存而梅擢五新幹樛曲覆地猶盤龍偃蓋然元則見梅下拜謂母之魂歸於梅建拜梅菴於寺中短垣周遭朱欄匝繞防遊人之爪其膚而生抓臂之痛也焦澹園爲之記以立春爲梅誕日八月初一爲梅浴日

淩敲臺捫石夢松詩

臺上有宋人詩風雨剝蝕摩娑擬度不可完篇沈思二鼓神倦假寐夢長身老人蓬首翠髮披破衲曳曲杖而至曰此宋徐復之題石詩也云巨石如巨碑峻立山之側古今不復知疑剖和氏璧余驚謝問翁郎徐先生否答曰我山中老松也出松子數升令以襟受受已忽乘風去

翛然翠髮翁破衲身纏裹手曳一曲笻蹁躚來顧我紀夢

每尋石上詩多費君神思特爲破蒼苔了此二十字松語

敢問何因緣能辱貺大雅莫非石上詩即是翁作也詰松

我本千年松與石爲良友恐没題者心屬子傳不朽松答

昔聞松化石松石本一體今復化爲人應當代石語解夢

俞安期

安期字美長吳江籍徙陽羨晚徙金陵以老美長少客於龍君揚受國士之知君揚被譴入楚慰之遺戍永安又入豫章送之與楚人丁元甫爲意氣交元甫没厚遇

其子海內歸義焉子南史好學解詩

夜過承恩寺與吳允兆談舊得離字

兩度高樓夕孤鐘落木時悲歡殘夜語生死故交期傲骨貧偏長浮名久漸疑十年身借客猶自愧要離

龍君揚赴永安賦別

迢遞邊夷戍悲酸絶海行百憂緣國事一哭豈私情積氣寒相結江聲夕未平離鴻何意識哀怨向人鳴

功罪何論實馳驅祇自傷一身酬謗讀九死列戎行海樹交吹瘴蠻花不受霜長城誰可倚今日爾投荒

范鳳翼

鳳翼字異羽一字太蒙眞隱通州籍萬歷戊戌進士累官尚寶司少卿忤璫落職崇禎初起光祿寺少卿

居金陵築退園於烏龍潭有勳卿文集詩餘眞隱與范穆其

山人談詩云枚馬已遥李何死隆萬年來數王李善學漢唐無漢唐鑿日詞人不及此風蜩雨蚓亦爭鳴刻鵠塗鴉渾不似葢不染公安竟陵派者也

夏日避暑清涼山房同史弱翁

山隩祛煩暑靜愛靑松林幽蒨藏冥理鮮風吹我襟淸音出靈籟若撫無絃琴涼燠匪因境靜躁根其心歲寒有貞性炎景何能侵元契屬我侶有酒聊復斟君歌白紵詞我賡梁甫吟散懷天地外人世空浮沉

登攝山絕頂

登峯氣矜奮躡磴盤崒嵂策杖振高躅手足遞勞逸石蘚被文茵松風奏瑶瑟三休相戒途烟霞置郵驛行行遂忘疲意緩步逾疾一蹴造危巓俯視亂雲日羣峭各心降萬靈效奔

軼兹遊淩大荒夙願庶已畢

楊伯訪予白門雪後話舊

客久食無魚君能問索居一宵燈下語三歲隴頭書刻水拏舟日鍾峯積雪餘相看難老在肯使緣尊虛

餞志立

志立字爾卓一字鏡水桐城籍庠生何芝岳招同住金陵有白門年音集

夏日獨坐樊圃

靜對池邊竹影長斜梳短髮竹冠涼綠荷似掌承朝露紅槿無情墜夕陽已得隨緣觀化訣翻多秘授養生方蒲團盡日爐香爇時有僧來叩草堂

金文光

文光字朴只石埭籍居金陵有感著集朴只居十廟西門蓄一白猿能閉目趺坐周吉甫爲賦白猿詩後猿化爲石

茶烟

石鼎初鳴蚓烟霏作篆紋纔看迷竹葉早去結山雲幾縷湘簾裊干絲鬢影分一甌新潑乳齒頰自生芬

邱坦

坦字長孺麻城籍居金陵萬歷中武進士充副朝鮮使官遼左副將乞休歸有渡遼集

贈陳東溟

滿山紅葉滿溪花邱壑逶迤路轉賒一帶黃茅數間屋無人知是故侯家

程漢

漢字孺文由歙遷金陵有柵塘集明詩人小傳云孺文生性簡傲目斜視鬚髯奮張見人輒自誦其詩年八十老於布衣

集雞籠山賦得臺城懷古

獨上臺城望遠空當年遺跡動悲風懷春羅綺旗亭外向夕牛羊輦路中幾寺殘碑深野草故宮留井落梧桐祗今多少興亡感湖水蒼茫背郭東

張文介

文介字惟守一字少谷能游籍萬歷乙亥避倭難家金陵

乙亥避難金陵季冬旅夜

霜月半莓牆夜中氣何凜愁多自不寐非關枕席冷自從避難來幾見此圓景親塋千里外半載未一省前途尚飆軻風

波幾時靜況當此歲晏誰爲薦杯茗迢迢望白雲淚下若泉猛

辛巳春日飲姚鳳麓使君花榭時使君自嘉定解綬初還

秦淮醉別忽六年回首何如一夢間浮生更消幾番別念此令人愁壯顏君同柳下仕復黜余向草廬間抱膝平生所期猶若兹堯舜君民竟何日須知勳業亦浮烟待漏何如穩醉眠何當共訪曇陽去學向瀛洲作酒仙

周泰峙

泰峙字孟巖金壇人居句容萬歷丁未進士歷官雲南左布政崇祀鄉賢北山詩話周孟巖家茅山罷官後家居十數年坐對圖書不問戶外事鄉里推其德望祀句曲黌宮

遊碧玉巖

碧巖春氣煦曳杖愛閒行酒面風吹醒詩腸澗洗清野麋同適性山鳥自呼名爲赴僧房約幽雲出洞迎

曾　鯨

鯨字波臣莆田籍居金陵周暉稱其寫照入神

自寫小像

不用僧鞋道士冠只須野服自盤桓蕉陰淨綠秋花紫琴對青山最耐彈

卓發之

發之字左車一字蓮旬瑞安籍副貢忠貞公敬六世孫居金陵清涼寺側有漉籬堂集今文綫經世署左車遊南雍會萬歷間褒恤殉國諸臣先生上書執政以爲先侍郎敬當成祖潛邸入朝時即密奏宜徙封南

昌以絶禍本成翀郎位亦云若用其言則干戈息矣實爲遜國時第一臣時京山李公維楨桐城葉公燦同爲宗伯聞於朝建祠以祀於清涼山其下爲堂曰無山園曰祇園以居焉子六人人月人華人目人象人芬人覺

按左車奉祠山居清涼寺側螺髻菴有其遺址今卓公祠圮世鮮有知者方景二公祠俱新葺奉享祀獨卓公祠子孫式微無力復之可慨也夫

秦淮竹枝詞

楚歌湘曲未須哀遙見燈船趁月開長笛叫雲簫咽水百千神女弄珠來

祇園螺史

石頭城清涼山之畔竹徑數轉別有人間乃結籬爲園園貯一山類襄陽袖石巒壑畢具其中衆花滿林可供塵刹疑是西土盛華之祇園因處處誌之得十有六則以表蓮宗運想諸境

馭虎巖 諸園枕虎踞關東趾會祠部奉詔祀遜國殉節諸臣先忠貞公少與仙遊騎黑虎風雨夜歸

遂祠於園
之北偏

嘯呼懷烈士風雨歷嶔巖君亦軒轡客誰能受轡銜姚少師
以留公
爲養
虎

鶴漈岩前幽澗瀉自山椒白鶴爲淨域化
禽不欲以生命飼林梁聽其所集

鷺子每談空晏坐當沙漈忽聞鶴唳雲亦自宣眞諦

蓮甸自鶴漈達堂駕曲圯于水際蓮花微妙
香潔亘幾繇旬不僅如人世車輪而止

花氣偶相觸沿洄經幾旬自非蓮國裏安得一心人

無山堂圯盡遙望一廬翛然孤峙深岫中鍾山翠黛
當戶洲島之媵至此便欲濡足每念清泰無
山輒作山
不足山想

天意多奇嶮茲山有紀堂我看平若水雲際聽滄浪

笠广繞堂南嚮危樓翼然如
老翁簑笠而釣江雪

何必棲鳥窠巖雲自成广笠裏解藏身雨絲空瀲灩

汐山 广後歷級而高雲根涵碧如海一漚而山澤無名以待主者余生濤山浪匣聞又生于潮生之夕因以名山

夜岫生寒浪浮漚貯亂山漸江潮有信欲寫入懷閒 浙名漸江

鋤月灣 山右阜一灣如眉一荒蜚耳巢由買山而隱遂耕而爲田灌而爲圃時策杖聽水聲歌帶月荷鋤之句

薙卻人間蔓無如此一灣壓勞從岳峙只似月光閒

呼龍嶰 中田與龍潭隔嶰登嶰而呼可耕壢而種瑶草

龍性亦能馴餐花狎深嶰茅狗世相呼空厓落長喟 龍池有五花樹羣龍食之呼子先騎茅狗化爲龍

寒江樹 嶰頂攬擷諸勝若謝公墩莫愁湖遠至天闕織山雨花天印俱在懷袖惟清涼峯差高累黍春夏之交江色翳若木葉盡脱則寒江一綫渺在雲際

木葉漸辭柯江波照危樹彷彿暮雲開嫦娥睇秋夜

藥草畦榭倚深塢堪植藥草當一雨普滋千山秀色時誰向此中領取

痼疾無煩療阿伽秀滿畦法華新吐萼一任白雲迷西域以阿伽一葉總治諸病法華藥草喻品

茗柯坪循畦而上地如展手茗椀未擎旗槍初茁便如蒿里故人歸來對影無俟松風響發時

烟液結爲樹遂如雲在坪葉葉光堪飲寒泉欲與爭

劍壑復自坪左折而坂坂窮路轉自此又一山川乃鑿塘貯雨後泉以此當慧劍斷愛河欲與世辭

入世艷如花從茲委諸壑墜葉自東流不用爲媒妁

孏虹壑前橫一隄隄上桃花覆水水中芙蓉披畦交錯如繡帔如霞舄如采虹之臥天

春雨深深裏浮空有霽虹卻如泉石畔偃仰一英雄

螺髻菴劉伯倫云死便埋我不如中峯之活埋乃擬活埋而結菴菴以壑爲牖以虹爲几以鍾阜爲雙髻高帝言堆螺髻于天邊卽此

翔瀨鴛如岫穿雲雁作菴金入天外落紺髮自藍鬖須彌山有青鴛

伽藍佛堂

如雁形

懸鼓峯菴負西峯峯頂望落日如懸鼓豈損希以此爲初諦

世界東西隔原來祇一峯遥期日落處與子得相逢

直樹林髻菴烟蘿一徑斜通直林相去一牛吼地朝雲夕月兩兩映薄梵唄唱和宿莽間此即迦文生處回首林巒又隔一境如匡廬影寺在虛無滅沒間世遂無問津者

如何鷲嶺客姓字託高林欲作淩空翮孤騫離金鬣梵語釋迦此云直樹林佛生此林中因以爲姓

杜祝進

祝進字退思一字蜺斯黄岡籍遷金陵退思慕南都之盛擕子濬岕居雞籠山下國子監側西倉巷

曉起柬東寺僧

生身原是病維摩偶逐紅塵隊裏過叢桂乍看招隱士雙林

忽傍學頭陀衡門蒿草間能長火宅蓮花香較多祗憾買山猶未得尋僧空望白雲阿

陳翼飛

翼飛字元朋平和籍萬歷庚戌進士宜興知縣罷官移家金陵有慧閣長梧二集翼飛工奕與周賡同爲國手余集生製圓奕圖翼飛題其上賡跋其後圓奕者取方罫而圓之也

題余集生圓奕圖

八卦羅九宮縱橫周天數九八遞相加七十二候具一局萬刼陳誰識方圓互司馬讀陰符抵巇有奇悟矩地易規天迂此陰陽路既以衣星繁復如武露布馬目恰離離雁行斜可度重撰十三篇孫子魂亦怖東西壘正多緣邊計已誤怯者果無功貪生戀子故善勝自不爭圈轉有元趣日轂與天輪

回環寄遐慕

金陵詩徵卷三十九終

江甯甘元煥校字

上元朱緒曾編

明

吳甡

甡字鹿友，一字柴庵，興化籍。萬歷癸丑進士，官至東閣大學士。請督師金陵，不果行，遣戍金齒，行次南康，聞都城陷，至溧水家焉。有嘉遯堂集。明史有傳。

築場吟

漉取河下泥，增築岸邊土。不患河水深，但愁秋夜雨。坐視天上漏，愧無寸石補。禾耳日日長，刈穫徒辛苦。桃枯響不歇，山歌相和發。草頭棲白露，溪上落殘月。幸值天晴泥土乾，急舂猶得接晨餐。

潭村守歲

歎息餘生今尚存幽吟終歲閉柴門一年虛過惟殘夜萬事難酬是舊恩落落異鄉驚白髮幢幢短焰照青罇停杯未覺春風入愁向孤村説故園

朱之臣

之臣字無易一字菊水莆田籍萬歷癸丑進士江西右布政以蜚語下詔獄旋釋之累至南京兵部左侍郎因家金陵有梅龍集

莎羅坪飯

何處仙人掌前峰路不睬泉飛昨夜雨菊綻老秋花破碎中條小微茫清渭斜胡麻和石髓飽飯道人家

方大任

大任字玉成一字逢吉桐城籍居金陵萬歷丙辰進士歷至副都御史巡撫順天有霞起樓詩十卷

懷化卿

滑嶺是何地王生爾寓居開門見山鹿佐酒有溪魚燕乳花飛後鵑啼月上初相思春欲盡不見一行書

詠懷

束髮慕奇癖讀書萬卷餘游思緬邈場削迹芬華塗舉世爭捷徑欣然笑其愚稟氣固已然改轍將焉如孔生恥溝壑原子安桑樞素志諒有託斯人豈盡迂掩耳謝時賢一心抱區區

徘徊芳塘上微風扇輕波連岡蔭青松仄徑冒綠莎是時秋正深秔稻蕃陂陀腰鐮朝出隴捆載夕歸家鳥雀啄場圃牛

羊散岩阿曰余無立錐鼓腹行謳歌拾穗甌窶間一飽不願多嗟彼攘攘子鼎食終如何孔雀游赤霄牛角何由觸麒麟可縶羈翻爲犬羊辱伊余類窮猿投林不擇木悠悠長傍人顧影傷局促百鍊怍時好繞指乖素欲犁鉏儻可給誓息西山麓

方大階

大階字景元桐城籍居金陵有逸叟隨筆景元以書授從孫鎔之

夜與姚汝碩飲

紅燭燒殘興未闌故人今夕劇相歡風回疏竹秋聲細月照高樓夜影寒四海風塵愁裏過百年意氣醉時看瑤琴久已重包裹不是逢君不再彈

方大欽

大欽字君典一字唐山桐城籍庠生居金陵

秋日宿松山舍弟大璿大城宅

爲問山中酒相知有幾人特來尋舊約不是逐飛塵盆小供
黄橘湖寬采白蘋與君謀一醉風露及蕭晨

沈春澤

春澤字雨若常熟籍庠生移家金陵雨若福建參政應科之孫少孤兒時驕穉長而才情煥發能詩善草書畫竹大父没後移家白下治園亭潔酒饌交遊翕集負氣骯髒多所睚眦酒悲歌怨聲淚交咽故有羸疾兼以瑣瑣忽忽發病而死詩二千餘首才情爛然

友人貽我盆中古檜報以短歌

冬冬叩門驚坐起一札傳來香霧泚乃是故人貽我書古檜
忽從庭下徙虬枝鐵幹不似人間來柏葉松身何足擬君言

爾有涼月臺移傍朱闌故可喜又言吾家童子不好事坐見蒼髯委螻螘捧緘撫檜三嘆息我知君意不止此君何不貽我一樹花花隨風雨三更死又何不貽我一束書恨殺人情薄於紙古檜亭亭傲歲寒沈郎不受人憐應似爾感君此意甯可辭著意護持推小史日高不厭置苔階寒來莫更添梅水他年老作博望槎往問支機我與子

方孔炤

孔炤字仁植一字潛夫桐城籍居金陵萬歷丙辰進士歷至副都御史巡撫湖廣襄藩陷被逮復起屯撫河北甲申南歸有環中堂詩集周易時論鹿湖潛草

明史附傳

謁方正學先生祠

鍾陵松柏對蒼蒼近代南山祀太常甯可紙灰埋十族不將銘誌屬三楊髡緇江上人何在縞素軍前獨發喪斷事祇今依俎豆吾家書種託門牆先五祖諱法字伯通洪武巳卯出正學先生門官四川斷事永樂元年蜀藩賀表公抗不署名尋召逮自沈於江今補祀表忠祠

方孔炳

孔炳一名思字爾孚桐城籍居金陵庠生有退谷集

赤壁晚眺

赤壁江頭鶴不飛我來懷古悵斜暉寺高山冷佛堂閉霜白月明漁艇歸春氣逼雲全斂樹水光浮郭半侵衣臨臯亭館無尋處劫火能逃剩此磯

方若素

若素字小白一字素心桐城籍庠生居金陵

讀桂林公詩公諱佑天順丁丑進士廣西桂林知府

八月歸來尙黑頭田間十有二年秋肯因中貴難言事竟到蠻荒便乞休星野每騰中夜氣天章同貯舊時樓須知出處多風采應向琳琅卷外求

車萬合

萬合字造父一字蓼湘邵陽籍遷金陵天啟辛酉解元

夜宿無念閣呈崙公

一片清涼地況逢雨乍收樹疏新月滿谿近晚花流佛不隨時好僧惟事遠遊前期未可了半榻爲君留

陳民情

民情字春臺臨川籍天啟壬戌進士海陞陝西按察

使致仕居南京明亡屢徵不出春臺以閹黨盛棄官築室城北小桃源山中栽花種竹蒔藕蓄魚豪吟痛飲不與世事卒年八十五葬鍾山之陽

倪塘

野塘春水生遠峯映螺黛不見柳貞陽日下方山埭

黃文煥

文煥字維章一字坤五永福人居金陵天啟乙丑進士山陽知縣陞中允好古博聞著有毛詩箋四卷詩經嫏嬛六卷詩經考八卷老子知常二卷莊子句解三卷杜詩掣碧六卷又句解楚詞聽直八卷禎留集館閣詩文稿長垣郜煥元贈黃坤五云白髮承明舊侍臣天涯淪落晚堪親篋中歲月存青史世外江湖有釣緡往事傷心辭洛日他鄉垂老避秦人開元朝士君仍在聽到宮詞淚滿巾曾孫任字莘田永福舉人官高要令有香草齋詩

和俞部弟白秋海棠

癖畏陽驕熱氣侵尋常棲止擇多陰近來別有回天力占得飛霜早滿襟

汪宗孝

宗孝字景純新安籍江左大俠憂時慷慨期毀家以紓國難卜居白門城南築樓六朝古松下好蓄古書畫鼎彝之屬妾孫靈光善鑒別王伯穀稱之以爲今之李清照也

和陳夫人紅牡丹詩

深葉繁枝庇苑牆朱顏贏得配花王風同闘盼筵開態日映楊妃醉後粧嬌豔由來稱覆錦（唐李進賢有牡丹覆以錦）穠華應許傍沈香也知春盡饒清賞燒燭相看更斷腸

周鑣

鑣字仲馭金壇籍居高淳崇禎戊辰進士授南京戶部主事轉禮部郎中削籍尋起禮部員外郎爲阮大鋮所殺有十四哀詩

懷京口讀書處示長八

三山草色十年寒此日何當報酒闌昨夜潮聲東去急望江樓上有人看

孝子魏君學洢

有鳥棲中林夜半巢忽覆兩羽既傾折遺雛甯復㲉嗟哉魏公子痛父無能救乞食向長安知交孰肯覯投書數千言聽之耳如褎世路已如斯呼天但搔首扶櫬江南歸墓旁自相守父存不敢先父沒不敢後含涕入下泉一死良無疚

羅高偲

高偲字無美豫章籍居高湻隱居固城湖與魏翰先韓无疾魏生直魏吉溧水趙之驊朝夕唱和稱湖濱六子

尋眞鋪天雨黑鯉

魚非天上物占象杞人憂風雨都成變江河欲倒流魴勞眞可憫龍化渺難求欲向京房問茫茫測九疇

沈壽民

壽民字眉生一字耕岩宣城籍庠生居高湻舉賢良方正抗疏劾楊嗣昌不報乃投劾歸阮大鋮欲出緹騎逮之匿山中卒私謚貞文有姑山詩集眉生高湻邑志有傳居銀林江甯府呂志云死於黨禍殆未深考今從明詩綜

訪姜如農城北

石公嚴譴後又見苛戈新曠代留遺直殘山待老臣龍歸天上馭環賜夢中身生死昭亭路鄉園別有春嘉靖中石御史金以諫止醮詞謫戍宣州後百餘年公繼至

覽古二首

擔簦復何事乃事邯鄲遊一見賜雙璧再見卿與侯豈知萬戶重不敵魏齊頭徒步走大梁慷慨如有求惜哉謀不成義至復何尤虞卿雖著書所傳非春秋

漢帝馳六區舞陽亦附驥卓彼鼓刀人密識洞且異豁達稱沛公一朝見小利忠言在咸陽痛哭亡秦事子房雖籌策斂手佐末議孰以一夫勇而有千里志

沈壽蕘

　壽薨字景山宣城籍庠生晚居高淳起兵甯國應金
　聲歿於陣

甲申初春感時賦事和西巡南京歌　錄三

赤眉風雨下燕臺白水眞人海上來萬國謳歌雙闕近六朝
宮殿一時開
龍蟠虎踞帝王都雲日江山錦繡圖文物東吳諸子在新朝
曾有數人無
別殿雕梁掩積塵君臣宵旰計西秦寒笳吹動秋風起莫負
明年淮水春

　卓八月

　　八月字珂月一字蕊淵瑞安籍居金陵發之長子崇
　　禎乙亥選貢有蕊淵蟾臺二集古今詞統女才子集

卓氏世家貞元軼事臨文訂謬吳梅村云珂月容修長目鮮朗爲詩文奇削琢刻久則清遠閎肆刃迎縷解當世無好惡咸宗之子二長庚天寅

泊烏鎮不寐作

逆風逗歸期今夕寄淺港月出人不知閉戶若蠃蚌遠寺燈微明未罷老僧講良久喔喔聲荒雞引其項

吳拱辰

拱辰字襄宗丹徒籍崇禎丙子舉人晚隱居句容自稱華陽散人有觚齋集卓爾堪云孝廉肆志山水終於茅山

從軍行

楊柳風吹六甲旗桃花撲面馬頻嘶軍中鐃吹三千部簇擁嫖姚過隴西

黃國琦

國琦字石公一字五湖新昌籍崇禎丁丑進士官浦城知縣以論降寇功遷兵科給事中移家金陵南渡史可法薦授兵科監淮海軍國亡以隱終有賣書買劍集石公負異才母老乞終養居南都杜門不出子六鴻順治辛卯舉人知郯城東光縣有吏才陞行人擢禮科給事掌登聞鼓終工部掌印卒年八十八

鄒司馬匪石

文驅西漢兩司馬功駕南陽一卧龍除卻三公誰獨立縱橫天地甲藏胸

黃稼

稼字稚魯溧陽籍居高淳

維舟東灞

湖光一片斷雲迷日暮扁舟繫岸西漁網近隨波上下耕犁

遥負徑高低荒餘野店矜薪米亂後遺民畏鼓鼙極目自增無限思他鄉三月樹陰齊

周　斯

斯字二安溧陽籍居金陵有悲歌集

燕山三老一居亘鄉縣南五里一居商家林一居單家橋

圓冠方領漢衣裳地逼燕山倍慼傷三老何如商四皓不從太子似差强

白溝河

遼宋分疆在白溝時人空怨石郎謀長河本是無情物卻爲中華嗚咽流

王承時

承時字象先麻城縣籍

金陵紀勝漫成十二韻同文

遇奇忻勝地過此自心雄步舉遲明月巾揮快大風雨花催疊鼓桃葉爛浮舸潞楚分朝會秦燕合騎通護山多向北洞水盡歸東路古懸匡竹亭虛夾岸蓬趣樵來嶺半開網撒湖中露湛將沈日雲淩欲斷虹鷺鴉翻羽白荷芰綻英紅暮渚牛環塔涼磯燕遶宮霧清消野闊霖沛望天空悟處何臨眺行歌且韻工

方無隅

無隅字仲禮一字抑叟大晉之子以隱終有抑抑齋集

將歸送太英陳公同紹興

作客俱千里相逢何可言浩歌徒白髮慷慨付清尊海霧二

山暗林霜十月繁送君理歸檝予亦返柴門

方孟圖

孟圖字無言有槿園遺稿

燕

暫時離故國誰復識烏衣竟作尋常客非關門巷稀伫看春事盡久慨世途非幸自無拘束秋來向可歸

方以智

以智字密之一字曼公自稱龍眠愚者桐城籍居金陵中丞孔炤之長子崇禎己卯舉人庚辰進士翰林院簡討明亡爲僧名無可居城南竹關後隱青原有

浮山全集通雅物理小識

告哀詩甲申三月

守陴神策亂紛營樞密雍容禁請纓東觀士猶朝試閣三月十五輪試穀城欲罷之而編扉中自嫌故仍舉故事庶常有不入試者北徛軍已夜開城十九日早丙丁開城攀髯竟抱龍湖痛嚙臂虛傳駱谷行先傳聖駕以犒師出城後一日梓宮乃在東華門金紫貂蟬何處哭小臣血咽鬬烏聲

宮中切齒恨朝班納陛簪纓總厚顏先帝決遷守及出東宮監國南都計而宰相魏藻德無一言出應誰任虎闈當國事幸留龍種在民間十七日召新樂侯劉文炳駙馬鞏永固入託以東宮二王事國母獨付與嘉定太康陽瘖尚恐搜窮巷潛竄何因出武關可歎戚臣倡議者闔門一炬自投環劉文炳與弟文耀叔繼祖及鞏永固俱自焚其宅而縊死永固猶寄語舒章爲作一傳

氣沖匹練北辰高涇渭分流自武牢自武牢之破盧李死難與奚珣分特重乾元陪血食誰爲老父歎蕭膏弔龔勝者天留正笏垂青史人誦遺詩出紫袍范倪諸先生殉難或傳有遺詩在衣帶中忍死孟威雙淚落此心原

在納韡刀周虓字孟威不肯受官而後舉事殺符堅不克者鼎鑊當前設地牢呼名不應卽封刀二十六押入點名不應者卽封刀驅拷之明甘一死平生畢恨讓諸君昨日高鑿坎詎知蘇武活露髮忽藉鄭商逃露髮是賀循事金吾壁後人多少脫得伶仃舊散曹張直方壁藏公卿爲黃巢殺

京口維揚斷泊船官軍縱掠大江邊逆流別覓蘆中渡外邑傳封殿下箋時從泰州渡祈傳議監國信淮北督師謀入相山東諸將亂爭權爲策立事諸帥出揭史司馬已而彌縫之刀鋒行丐三千里得伏高皇陵廟前

一弟趨庭善解愁亂來家學信韓休韓休諸子俱不降祿山一半走死道路平原力盡奔行在魯公都督心疑用豫州安東原無意用士雅北伐見主麻鞵歌露肘杜少陵事憂邊繡帽久焦頭繡帽李晟事兵戈孰計歸田養投

筆何緣比少游

德政殿召對紀事

賊勢旣猖獗藩鎮爲急策軍容可撤回直指亦何益三關皆要道急選勁旅扼山東河北士義俠多腕搤豪傑一網收彼自能控格不則爲賊招腹心翻阻隔若爲措餉憂何難一籌畫募屯計並行危地可安宅臣言無忌諱謀國宜采獲

方其義

其義字直之一字次公桐城籍居金陵中丞孔炤之次子有時術堂遺詩直之能挽弓五百斤衣短袖隨其父撫楚勦賊身先士卒據鞍橫槊有河朔俠烈之風子中發

聞掌憲劉念臺僉憲金天樞兩先生同日蒙譴

危冠伉直遂廷爭梁上先驚折檻聲獨坐轉慙辛慶忌同官

還累寶游平八言太尉門墻峻帝識萊蕪釜甑清臺閣一時
誰表肅飄然南策蹇驢行

戴　重

重字敬夫一字河村和州籍國子監貢士宫浙江司
李移家銅井復徙高淯爲盜所傷病創死有河村集
劉伯宗云敬夫詩學少陵未嘗作唐以後語

春燈歌

年年八日到長干耴次春燈不忍看十四樓邊新月夜銀箏
小袖歌春寒

五月五日

蚤讀離騷經無哀自流涕今乃招其魂折花臨水祭忠信衆
所疑君臣道日替九門未可通九州其何濟横江張水嬉子

女肆妖麗俗歡移古悲羣狂重吾戾但聞鶗鴂鳴延望南山
際

林　楙

楙字君遷閩籍孝廉章長子隨父家金陵君遷與弟古度皆木爲字齊民要術引魏王花木志曰君遷樹細似甘蕉子如馬乳顧微廣州記曰古度樹如栗而大於枇杷無花枝皮中生子似杏而味酢取煮以爲粽

鄭介公祠

雪夜談經一旅人千秋俎豆喜重新孤忠幾欲回明主百計終難寤宰臣謫去身存那覺遠歸來拂在不知貧試看白下蘋蘩意仰止他鄉亦七閩

林古度

古度字茂之一字那子福清籍居金陵自卜生壙于

乳山年八十七卒有詩選茂之閩人少賦撾鼓行爲東海屠隆所知從父初交卜居金陵及其兄𣗳字君遷皆好爲詩歌曹學佺官南京大理寺評事尤與友善故其詩清綺婉縟亦復似之萬歷己酉壬子間楚人鍾惺譚元春游金陵茂之悅之詩格一變又三四十年明社屋矣茂之舊家華林園側有亭榭池館之美胥化爲車庫馬廄別卜數椽眞珠橋南陋巷掘門貧甚冬夜眠敗絮中有憐如孤鶴入蘆花之句兒時見一萬歷錢終身佩之康熙甲辰年八十五見新城王阮亭於揚州攜其詩稿曰千秋之事一以付子又一年丙午卒年八十七子謙字諲直貧不克葬周櫟園助以貲乃葬于鍾山王阮亭選其辛亥以前詩不入楚音者二卷皆六朝風格也詳見王漁洋林茂之詩選序中

立春日過萬松庵

萬松通曲嶺殘雪覆寒池今日已春色深山猶未知

歲暮坐雪

一年期又盡寂寂坐空林試問城中雪誰家門外深客情看古樹詩思入寒禽莫道春光近春愁更不禁

晚入天界寺

昏黑上方路行來自寂然松根有凝雪礀底響流泉客舍孤雲外僧房清磬邊不辭談夜靜已是入春前

唐宜之同諸子往靈谷寺探早梅以柬招侶故作此歌

聞君曉騎踏寒色先向梅花問消息靈谷寺門幽復深梅花四繞松林側今年傳到花不遲已有新條發故枝昨日見君報花信欲令襆被相追隨追隨花下二三子君與梅花清可比酒帘多出村塢邊書屋況在梅花裏媿我城中後一朝夜來風雪落蕭蕭空思梅影如山雪更憶松聲似海潮

秋日同時純登清涼臺

松門曲徑接層臺望裏秋光客思開落日漸隨低樹沒青山欲渡大江來清涼象地無殘暑寂寞龍宮幾劫灰不用登高

感時序與君閒眺自徘徊

新秋日同喻叔虞重尋牛首怡公不值

秋雲著山猶未深涼雨度空晴復陰寺門古樹落數葉客子晚來聞鐘音山僧舊識不相遇竹房草色留人住卻憶當年明月時天闕峰頭坐天曙

題胡可復淮上居

青溪水上青山浮青溪閣外連青樓主人愛此溪上住開閣正對青山頭山色朝青暮還紫我來時汎青溪水兩岸花風夾棹香青樓畫閣歌聲起樓臺落影流轉空我家數里溪之東相尋不似山陰夜來往人行明鏡中

過唐宜之澗上

乍別樟欒裏逶迤山徑分聽殘一澗水又過幾峰雲鳥靜自

相喚鹿門常與羣應知棲隱處不遣世人聞

盛斯唐

斯唐字集陶桐城籍居金陵集陶爲進士世賓孫居金陵十廟西門毀垣敗屋蓬蒿滿徑與林古度相唱和晚以目眚屏居不干一人

落葉

換碧看朱思已非褪黃脫綠望全希爭先落木蕭蕭下故傍離亭黯黯飛敲碎閒聲驚曉夢吹來寒色上秋衣傷心最是楓江客兩岸紅殘一櫂歸

空齋樹晚儘風乾搖曳聲頻不忍看斷柳枯桐無意緒清笳夜月總荒殘吳江信是裁詩冷南浦其如送別難一自青楓凋玉露巫山巫峽至今寒

柳應芳

應芳字陳父海門籍移家金陵有詩四卷陳父仕近瓦官寺爲人和雅美鬚髯修容止衡門兩版非力不食詩不輕出語每行街市低頭沈吟悠悠忽忽觸人肩背嘗語人作一律詩必還魂數番方得意愜無子女適程愼先以所刻詩板爲奩具壻遂葬之

送李臨淮上公出鎭金陵

節旄南建歲將闌雪落津亭曉未乾百戰山河重作鎭三朝劍履獨登壇營開江障鶯聲早路出邊城馬色寒天與宗臣憂不細金陵千古舊長安

初聞倭警有感

東倭海外播烽烟回首扶桑氛祲連白羽插書傳幕府黃金刻印拜樓船朝廷欲問來王日父老曾經入寇年辛苦折衝胡少保永陵一詔至今憐

陳昂

昂宇雲仲自號白雲先生莆田人移家金陵雲仲莆田破倭城破攜妻子轉徙楚蜀至金陵姚鳳麓太守給居食久之太守死無所依賣卜秦淮或自牓片紙於屏爲人傭作詩文或雜以織屨林古度與其兄楙者閩人寓居金陵過其門入問之頗述其生平檢其詩誦之每稱其一詩輒反面向壁流涕嗚咽至於失聲其後輒袖餅餌食之輒喜復出其詩泣如前居數年竟窮以死有手書五言今體詩七百首謝兆申云有集十六卷在江浦族人家詳見鍾伯敬所作白雲先生傳中

鏡中

鏡中雙鬢雪相見更相憐偃蹇居牛後敲推敢馬前一家寒露葉萬事暮秋蟬開口不曾笑人間八九年

早發

亦知挂席便遂聽棹歌行病葉星前色新蟬露裏聲稍分山影出遙見海潮明舟子呼同侶朝曦漸漸生

江澨

江澨風難靜關頭嵐尚迷天河明一雁鼓角亂羣雞飛將今安在妖星久未低偷生垂老日身世寄塗泥

吳上瓚

上瓚字亦山更名贊字助卿連江籍移家金陵明詩八小傳云助卿爲吳司馬桂芳之仲弟以家難挾重貲寓金陵久之貧落與其鄉林古度善每作詩必相商訂而後具稿詩多散逸不存

秋寒

浪游春復夏秋更滯陪京片雨欺貧病浮雲薄世情已知蓬鬢短不逐客愁生忽聽南征雁空思寄遠聲

程自玉

自玉字公如一字申持子歙籍以醫隱金陵著慰頭

書以見志又有手賫說蟻語腐大夫傳

登虞忠肅公三宿厓

三宿庵前昔合圍書生籌策似君稀偶然結伴捫天際不覺
淩空嘆世非絕巘小亭曾壁壘環厓老樹舊旌旂年來閒殺
長江水枹鼓何人備帝畿

迮　俊

俊字且庵河南布衣從杜茶村遊遂家金陵

迷樓晚眺

歌舞何年歇隋皇昔夜游一隄殘月色樹樹帶新秋

咸　默

默字大咸山陽籍晚隱金陵

金陵雜咏

流寓金陵寺繁華非昔年蘆笳昏嶺月竹笛冷塘烟長樂宮安在朝元殿久遷鍾山王氣盡歌舞落誰邊

馬　鑾

鑾一作鳴鑾字伯和貴州貴陽人南都立建言不聽國亡家破絶意仕進晚年垂簾金陵賣卜以死

追和亡友鮑曼殊見贈

贈言能幾日君已倦人間到死事方畢有生誰得閒夜臺仍貰酒遺草欲藏山幽感元無隔招魂自可刪

聞蛩

秋夜已凄清空階爾復鳴故催砧響亂如與客愁爭酒淺夢難續家貧心易驚燈前兒女笑同聽各爲情

李夫人

病裏難消寵愛深君王親輟萬幾臨春風不轉霜前葉誰識回身掩面心

綠珠

清歌才罷動悲聲忍負君恩別有情十斛明珠樓底碎可憐不似落花輕

漂母

才言報毋毋便怒一飯酬來即市交若使王孫知此意功成豈望漢分茅

楊焯

焯字俊三吳縣籍庠生居金陵

秣陵雜詩 錄十二

形勝瞻天闕飄零問故宮金笳淮水北玉露蔣陵東百戰黃

圖盡重來紫氣空西京耆老在辛苦說關中

六代陵園地緜來古帝州華林還起苑佳麗更名樓璧月烏號曉銀河雁影秋仍憐後庭樹永夜對江流

輦道俯秋河西風上苑過觀開明月度樓迴落星多絳闕寒金爵雕甍冷翠蘿蕭條御溝曲祗聽石城歌

聞道中元節朝陵罷百官玉衣晨露溼石馬曙霜寒佳氣凋零後神功想像難空憑數行淚洒向五雲端

南内回鑾日西京望幸時朝天瞻翠幄流景下元墀曉漏疏鐘靜春雲委佩遲威儀聞故老回首一興悲

靈和前殿裏深閉九重幽月照銅螭白窗懸玉女秋千門變柳色萬井雜邊愁獨有哀時淚蕭蕭易白頭

循昔金張貴横陳甲第輝琱戈侵月暗蘭錡動風微右校還

椎結東陵亦布衣王孫隆準盡茅土自應稀

行遊登幕府王導舊曾開無復三星聚誰憐五馬來城臨雁苑盡江過雀桁迴欲問夷吾侶長歌起暮哀

城南臨眺處傳是雨花臺野曠層陰合山空積翠開吳雲連海動朔雁暗江來坐覺烟雲外風聲戰角哀

西望窮牛渚中流雙闕分征帆江外斷鼓角夜深聞地擁龍山雪天連鵲塞雲開平飛渡處寂寞百年動

冶城尋古迹惆悵卞公墳瑤草平池色蒼苔石壁紋乾坤留黯澹風雨泣孤軍寂寞南朝寺鳴蛩過客聞

青山蟠北固碧海控南徐秋色臨江近潮聲入夜疏雲開瓜步出雁下廣陵虛三輔多天險孤城巷哭餘

李長祥

長祥字研齋達州籍居金陵崇禎癸未進士歷官兵部侍郎有天問閣集

秋歌

紛紛桐葉下偏向鏡前得鏡前葉日黃長愁妾顏色
一日復一日日日不同顧不怨郎不歸怨妾無翼去

淩駉

駉原名雲翔字龍翰歙縣人休甯籍家南京崇禎癸未進士授職方司主事宏光初改浙江道監察御史巡按山東復差巡按河南歸德破論降不屈自縊死

甲申正月賛畫晉省曲沃兵潰獨至臨清糾合千人擒僞防禦使王皇極傳檄山東云近今逆賊所恃無過假義虛聲假義則豫減民租虛聲則盛稱賊勢以至浮言胥動舉國若狂撰儒無知開門揖盜及至關城一啟即便毒楚交加一官而徵數萬金一商而派數千兩非刑拷比罔念尊賢縱卒奸淫不遺寡幼將

軍出令先問文人州縣升堂但求富戶傳檄一出山東河北各土寨歸者甚眾宏光改使巡按山東上疏請合兵西討馬阮不遣一兵山東遂失南走至大名皇朝以兵科印劄招之懸陳橋驛中至南京入對復差巡按河南疾馳入歸德僅有土兵數百人遊擊趙擢說降斬以徇俄守城者迎降公自刎爲麾下所持乃以兩部印投井大帥以禮請見贈大帽貂裘不屈夜與從子潤生俱縊死

偕陳涉江訪劉伯宗以詩見贈用韻奉答

觸途得坎壈境皃心自休長安寡知交鍵關絕繁稠北騎便橋南敢代壘者憂一聲驚碎琴舊交來相儔顏色照青松志合以不謀聞風懷徽君天祿方校讐出處卜安危元纏疊相求乘軒來燕都風雲會於留仰止兩君子雙鳳儀青邱啾啾聚紫庭胡爲雜鴟鶹溫然服德音襪裂增重裘

薛　宗

宗字千仞又字諧孟常州武進人官知府隱金陵定

淮門爲釋名米推山

卓氏祇園圖和詩十六章

卓氏祇園十六區張君既各爲圖而楊龍友復寫此冊張則亂頭粗服龍章鳳姿楊則雅人修士楚楚焚香掃地時也蓮甸居士父子題咏足千古而使予得厠其間願寶此圖更寶此圖庶予得與裴迪俱不朽乎冊尾董思翁跋曰祇園圖十六景楊龍友爲無量居士作蕋盧鴻草堂圖李公麟龍眠山莊圖流傳世間皆稱神品鴻乙自有嵩山十志楚詞而山莊圖題咏具蘇黄門集五言絶句頗類摩詰輞川詩伯時獨以畫名意當時必有首倡但無傳耳無量居士於此十六景已有詩中畫而龍友盤礴氣韻生動著意微花減沒閒有鴻乙之蒼秀伯時之幽邃爲十六景傳神寫照無復遺恨如置身輞口椒園鹿柴居然王裴倡和勝情信可傳也又跋曰世宗觀張文忠祖墓園以筆抹其一山是夕永嘉有峯夷爲平陸山川在畫史筆尖既可夷爲平陸亦可從地涌出想成國土佛語無詎秦皇驅石入東海淨名方丈擲大千不爲奇事知此則祇園不在金陵居士不必無量杜子美丹青引云花驄卻在御榻上榻前堦下還相向此冊在處是卓園化身

虎踞石城在六朝何往哉不如君先人江干駕虎來　馭虎巖

鶴影夜臨漈漈鱗亦起舞老龍聽法罷欲與貽仙語　鶴漈

君以蓮爲宮鬚菂自寬廣盍觀恆沙國盡托錐刀上　蓮旬

琉璃爲胸次中復現五嶽何忽自云無無無乃眞覺　無山堂

生長笠澤旁夢魂在其中支雨敧箬冠吾與樵青同　笠厂

昔聞景純言凡山生于泿亦有泿同生巾裾骨肉相　汐山

唯俗不可醫爲有醫俗意我自田舍翁桔槔昨已治　鋤月灣

潭外有龍跡暫來或靑鳥不然卽麻姑愛此爬背爪　呼龍嶰

已甘入林深眼闊復如此胡不任蒙茸潑墨澄心紙　寒江樹

有一轆轤因拾草立權喻我以命聽藥藥以命聽雨　藥草畦

吳越古湯社請君爲署領不知是何曹但解日茗艼　茗柯坪

古劍乍磨時心光一片連未諳空後性請證夢中天　劍壑

湘核裹黃泥風雨蒸霞色城南呼護來枕臂解虹渴孅虹

珠在女掌中舉首問螺髻卽以髻絲覲非復膏沐氣螺髻莽

懸鼓無鼓音赫然示諸方此鼓不可觸觸之掌生芒懸鼓峰

天公布疏林還如天絲織配色欲織妍理絲固綢直直樹林

吳日景

日景字函三一字澹庵桐城籍居金陵兵部尚書用

先之子崇禎時蔭中書舍人有世儀堂集函三蔭中翰以瑠禍乙歸崇禎末鳳陵災慷慨倡助草疏數萬言以中阻不果奉母白門孝謹甚著

友人話及家君撫蜀事感賦

瞿塘三峽水滔滔氣捲長虹勢獨豪散入荆吳流不盡千秋和淚溼征袍

叱馭王尊惟報國渡瀘諸葛早登壇老臣往蹟知誰紀濯錦

江頭劒氣寒

吳日永

日永字南蒼日㬙從弟南蒼爲體中之從子金陵懷古昇元閣古詩俱爲世所重惜皆散佚年二十四而歿

金陵懷古

海外湘林赭未休勞勞更欲鑿方州碭山雲氣偏難見滄水神靈不可求秦樹吳烟疏雨暮青簾白舫夕陽秋莫言地破蒙恬死此後君王共一邱秦淮

陵谷千年恨未平秋來井上草縱橫貴人顏色甘泥土天子恩情共死生隋尉不勞輕下石陳家何恤繫長纓可憐涓滴淸淸水照見胭脂片片明胭脂井

贈陳二如移家

淮水通城到北同茅齋卻向此中開門前車馬常稀過屋上烏鳶亦下來西漢人容楊子宅遼東俗愛邴原才幽懷獨棄新亭樂往往遊經江上臺

胡春生

春生字夏昌一字赤岸歙縣籍晚家金陵赤岸本呂姓以事改姓胡父光吉官鴻臚赤岸喜結客家中落流寇侵犯江淮移家池州復徙金陵隱於岐黄善作水墨山水寸軸萬里世爭購之著書數百篇

九日坐雨

野雲低壓屋到眼作愁城溼葉封蟲戶荒郵滯客程空囊詩蝕字淨社菊寒英自藉雙螯醉猶然百感生

朱璽

璽字若符歸安籍居金陵

村居同吳長八賦

庭垣敧傾葺荆榛日日溪雲冷作鄰三徑蓬蒿嗟類蔣桃源雞犬不知秦家餘經史生涯薄人習農桑里俗淳寂寞杜門無箇事碧窗高臥夢先民

吳元扆

元扆字姬公興化籍居高淳甡之子

省覲潭上夜阻雨雪宿三埜古刹同李平庵陳皇錫

漠漠江天暗摇摇帆影遲疏鐘人定後零雨歲寒時野宿尋僧舍盤飧憶露葵花林看咫尺竟日問津疑

金陵詩徵卷四十終

江浦侯宗海校字

金陵詩徵卷四十一　寓賢七

上元朱緒曾編

明

潘問奇

問奇字雲客號雪帆錢塘人老於金陵葬揚州平山堂側著拜鵑堂集

觀音巖

鳥道千盤上如登箭栝門巖扉斜架屋磵樹倒生根拂石驚猿走穿林訝虎蹲遇僧聊假榻明發更窮源

葫蘆峪

一徑如蛇入蒼籐手自分石生都是筍嵐起不成雲覓路徑熊館抨弓散鹿羣日晡逢鬼唱疑是鮑家墳

自磁州赴邯鄲途中卽事

中宵聞觱發日出走黃沙風力能飛石河冰不陷車郊寒騰俊鶻樹老立飢鴉旁午停征轡炊烟得幾家

秋興

少小襟期與世違布袍時復傲輕肥爲尋無忌棲梁苑曾弔靈均入秭歸苜蓿花枯天馬嬾神仙字老蠹魚飢晴窗檢點芙蓉句風月年年有是非

肅甯

肅甯池館舊連阡過客追思鹿馬年齊國豈才呼尙父漢朝名士拜中涓北司計就書難上元祐碑成事可憐獨喜左楊崇廟食春來一曲奏神絃

天壽山

金粟堆寒石獸眠六龍腸斷草芊芊晚山躑躅開何處春社
櫻桃罷幾年黄紙禁樵新約法白頭奉帚舊中涓關情最是
民間墓昨見兒孫掛楮錢

燕京感舊

興亡閱盡是長安話到先朝齒欲寒白面經生都擁節緋衣
常侍總登壇薊遼地重徵兵急吳越峯多轉饟難十萬函關
新戰没未央猶有捷書看
神宗孫子最憂勤十七年來大勢分朱紱正爭牛李黨紅巾
已襲鸛鵝軍粟姚力盡都歸賊司馬門高尚策勳誰遣今宵
罷鼕鼓開元遺事不堪聞

短檐

步入東陵栢影斜短檐知是邵平家黄冠避地彈漁鼓白髮

歸田倚稻花曾與嫖姚征大漠更陪神策駐京華銅駝忽悵
秦時物不看兵書學種瓜

贈常侍

曾伴宸遊太液池玉堦金殿侍昭儀而今南内多青草不似
園陵奉帚時

黃虞龍

虞龍字俞言一字鈍士晉江籍居金陵監丞居中之
長子俞言少負異才作落花雁字詩各數十首長老歎異未及艾而卒

吳山

一笏吳峰萬壑開長天浩浩鳥飛回濡毫欲掃屏間石疑是
雙龍挾雨來

方兆曾

兆曾字沂夢一字省齊歙縣籍明亡隱于金陵有詠史詩

國士歎　譏豫讓也

嗟君昔事范中行冷眼坐見中行亡今君又事知伯氏慷慨甘爲智伯死人臣死義不死恩衆人國士何當論捐軀必用酬厚遇草茅何事招忠魂持衣三躍劍空擊漆身吞炭爲誰賊地下羞逢舊主人賴得相看不相識

王若之

若之字湘客益都籍戶部尚書基之子以父任歷官河南參議移家金陵有慧軒集　漁洋詩話王湘客性嗜古南渡避地姑孰圖書鼎彝之屬尚數車後死金陵若之風神清朗如晉宋間人池北偶談過慈仁寺市得瑯琊王若之集詩清眞無啟禎氣習

勝朝殉節諸臣錄布政使參議王若之益都人僑寓金陵甲申聞變不食嘔血死見山東通志謚節愍

晚止山寺

風雨松堂集燈殘徑不明倦遊方託宿深夜罷將迎都已離人境何緣有世情石流高枕上寂寞道心生

劉文炤

文炤字雪舫宛平籍祖應莊烈帝母孝純太后之父追封瀛國公父效祖封新樂侯兄文炳襲爵加少傅甲申三月闔家殉難文炤閒道走金陵南都亡遂死高郵無後有攬蕙堂偶存

江行

天涯旅況又逢冬薄暮江風慘客容南渡君臣終遜位東流波浪自朝宗干戈滿眼人將老喪亂經心酒不濃聞說樓船

催伐木寄言護惜六朝松
霜草芒鞋訪舊京景陽回首淚縱橫埋金未必成秦厭鎖鐵安能禦晉兵自古山川難恃險從來花鳥易傷春南朝過眼繁華盡倚杖長干看月明

登雨花臺

黄葉蕭蕭眼倦開北風吹客上高臺千秋王氣朝雲散萬里邊聲塞雁來舊苑荒榛多牧馬青山落日獨銜杯不須更下新亭淚晉代園陵已劫灰

袁于令

于令字令昭一字籜冠又字籜菴休甯籍居金陵官荆州知府王漁洋寄袁翁籜冠詩云謝傅登冶城本自高世姿君家冶城下手把梅花枝我客青溪隔桃葉聞君高詠梅花詩石厓秋柳那見賞令我惆悵東風時自注袁賦梅花詩甚工余偶和人石

厓秋柳袁極稱賞又江東詩云江東人物舊難儔遺老飄零半白頭斑管題詩吳祭酒紅顏顧曲袁荊州亦指籜菴也

周櫟園歸白下見訪

風雨縱橫日長安絕噪烏倏驚披霧易始念受恩孤故里荒三徑扁舟暫五湖相逢秋色裏揮涕話菰蘆

沈伊在齋中得晤石谷王子喜而賦贈

大癡向住虞山巔今有小癡堪隨肩冷謙張翬不足道神妙能淩郭恕先遥山遠水空見憶眼雖未覩心儼然吳門沈子得畫理置君邱壑相周旋鵞溪之絹剡溪藤手不停筆驅雲烟時當六月溽如煮玉龍忽挂噴寒泉恍惚隔斷人世埃我亦輕舉成飛仙河陽郭熙久入夢營邱洪谷多前緣看君盤礴再叫絕膏肓痼疾從茲捐入幽境勝欣兩合肯徇流俗爭

媸姸

蕭雲從

雲從字尺木一字默思太平籍貢生移家金陵晚稱鍾山老人卒於高淯尺木工畫於采石太白樓繪五嶽圖觀者覺烟雲起於堂上繪離騷天問九章備極詭異以女字高淯邢氏畫多留於淯邑子一暘字孟旭一字㞙城畫有父風性倜儻好奇知風角精韜畧數奇落拓嘗居其姪志平家有友陳某亦奇士也別多年訪之不遇月夜過城北聞園中簫聲識之曰此陳君簫也扣門相見甚歡繼以歌泣

郊居詩

隨意寒塘落釣鉤青蛉作伴立竿頭浮雲天際歸何處獨樹溪邊影不留蹈海魯連龍戰日還家蘇武雁聲秋身經遷播皆萍梗一有吾廬更有愁

張自烈

自烈字爾公號芑山袁州宜春籍移家金陵有四書五經辨芑山文集孤史經解史辨黨戒錄

趙無聲集雞鳴山待月柬同學諸子

山中一尊酒慰此風塵色皓月入我懷清光練如拭今夜不盡歡明朝分南北舉杯呼月來淩空生羽翼長歌亦已狂此意誰能測

懷夏彝仲

今夕何所思思君君已去不恨道路長恨君別我遽假寐忽逢君蒼茫與君語未知君夢中相逢竟何許

酬嚴子岸

我從山陰來不見幽人廬與子長相思遺我夢中書書辭四五行情好與之俱爲歎白頭人古道何榛蕪

王之輔

之輔字左車晚改名四本秀水籍居上元以隱終王左車性孤僻不干一人晚名四生三子名之曰尸曰丐曰孽不令應科舉

秋日送陳簡侯之鍾離

疋馬逐秋風交親氣概中別離終不久談笑偶然同去國哀王粲逢人問孔融沈思歡會處願展丈夫雄

戴本孝

本孝字務旃和州籍重子始居國子監復移銅井又居高淯有鷹阿山樵集

泊慈姥磯雪歸陶窳在銅井

犀風卷江白飛檣下如矢雨注空濛中望之失遠邇慈磯中流眠雲頹叟不起星纜就橛眼載裝膏車耳雲慘江天黃冰

雪雜相抵荒時麥芊芊草春吹欲死拂頰跋沙涂屐穿印寒趾草堂松火紅影照歸人喜

報恩寺墖鐙歌

長干古秋照可憐臨春結綺同荒烟此墖那知六朝恨卓立不語何璀然有客狂歌放悲眼拾級最上呼蒼天蒼天那管下土事可憐三百年以前天禧字尙記洪武帝釋開天日當午烏衣巷口燕高飛日月私恩空自許天子恩仇天不忘舍利借此求西洋佛骨佛牙亦爾爾五色隱現牟尼幢琉璃甁開熖鉛作敲成金碧玻瓈光鞭起燭龍探海底海淺入地尙留尾二十四丈六尺摩靑霄一百六十二炬吐白毫誰信佛恩不願報餤夾殿飛過海澳此墖金剛怒欲留放出寶華幾千道天龍八部四海水淋取劫灰向天笑玲瓏光翔五鳳樓

樓中老佛今在不燕燕飛來復飛去碧空菡萏擎江流收盡
鍾山氣蒼紫散入三千大千裹長劔劃天天忽圮鳥雀啾啾
秦淮水威音看此阿育王倒杵指天日月光近來更覺光奚
兀繁星歷歷編成行縣如卦象配河洛八門九宮自相錯闐
闠珠簾金絡索千唇嘘起挂碧落列缺迸出石雹驚申取媧
皇補天約倭銅頂傳神僧安抱翻筋斗蓮盆環簷鐸迎風訴
秋雨丁當曉夜揺凊酸天下寶搶自無兩盡把興亡入非想
君不見黄衣穿耳碧眼僧相視兀喇不敢登遮莫煎枯赤龍
髓日月鐙明佛不喜

癸未春自銅井避兵徙家石臼湖

二月江皋江草柔江花汨汨渾不愁五百官軍紅抹額兒女
雜沓蹂春洲羽書數數如掣電楚江千里流血濺國家養將

如養虎一食不飽牙爪變石頭城門晝不開姑孰點兵登弩臺軍諜無人傳聞亂賊中虛實誰知來家家驚避入山谷裹糧提攜相對哭少壯守廬夜不眠平疇一望野烟緣歸雁欲歸何處歸空堂獨夜悲莫悲慈姥磯頭買輕舵何不直向東湖飛鄰翁爲我具雞黍酌酒殷勤向我語斯世聚散那可知他日相逢何處所風雨中宵陶窳中枕裝待曉燈灺紅老書滿屋不肯賣將爲灰燼隨東風雞鳴備車跋涂淖淖蝕輪敧覆中道江雷殷殷橫江飛打櫪眠桅防江瀑古磯峭石相撐縣漁家蟹舍巢其巔叢叢倒碧波如沸千家曲突寒無烟殘星寂寂浮梁下城上黃旗刁斗夜垂垂谿柳曳水雲望見谿南舊旅舍編榜谿船檥滿谿隱隱青山雲樹低寒食風吹墟落日越燕飛飛將安棲花津客檣集如箭船頭各排刀與劍

嗚鉦伐鼓邐夜䠞一片檣燈揺赤燄湖中青草如髮長湖中人家烟茫茫風推輕舵翦春水暝色四野垂蒼涼繫榜孤城石橋下盡是于湖避賊者爲問曾見賊兵不說在南河亂馳馬羞我南國本無人一人言賊傾國奔當事奉首欲入地古來豪傑如何生官軍禦賊怯如鼠官軍作賊猛如虎不知赤子今何辜誰使饑寒不可撫湖天渺渺湖漁歌湖舸如葉落清波烽火故鄉山色改夢繞浮雲水上多

中山老嫗

中山田家有老嫗年近八十矣失其姓氏甲申五月聞國難蹈水而死

三百年耕鑿恩深草土閒傾危當暮齒激烈僅霜鬢至性何關學愚忠豈可刪殺青存信史留簡記中山

安遠侯隸卒

南都破安遠侯柳迎降有一隸卒哭叩之曰世受國
恩此行可緩願侯裁之侯怒叱之者三不及駕而行
卒牽其裾力止侯怒甚手批其頰卒哭隨之至
中河橋大聲曰侯不聽我我死矣投河而死

大忠思一獻不售死何逃身賤心難詘名傳義益高忍爲新
手版辱涴舊戎韜自此河邊柳蕭條向碧濤

長干丐者

長干有丐者曳杖挈瓢且哭且笑行至通濟橋植杖
挂瓢脫屩橋上投河而逝人於其瓢中得一詩云誰
把乾坤忽動搖風吹淮水冷蕭蕭逢
人莫訴傷心事乞丐如何愛此瓢

青天蓋黃土生死太尋常欲乞誰家食甘同故國亡一瓢詩
淚盡雙屐跡塵香裳袂眞堪誄斯人豈廟廊

偕馮犀水芍與適姚作哲游牛首山宿東峯文殊洞倏
雨而雪卽事

日月眞孤注乾坤老博場江聲吞晝夜山色愴興亡鶯鐸風

饒舌縣藤石斷腸滿空迎佛笑只見白雲忙

戴移孝

移孝字無忝和州籍居金陵

擬古

佩莫佩蘼蕪蘼蕪易枯槁逢莫逢故人故人易衰老故人農家女新人商家婦新人弄琴瑟故人織流素流素生光華潑剌比目魚裁爲新人衣顛倒在裙襦新人且莫歡故人何苦悲新應有故日故當無新時

曹國禎

國禎字靈孕自呼爲康生錢塘籍居金陵有灼艾別集丹霞遥響余游武林得靈孕氏手稿知其明季居金陵後隨黃石齋入閩與海昌蔡聯璧昌黎房朏如亭州李佐雲閒郁彬蒼嚴王思沂榕城陳肇曾三山徐鍾震仁和唐佶生錢塘張方容西泠

王有恭共十一人倡和成帙詩婉而多風不失格律杭郡詩輯蒐羅極富亦不載曹國禎姓氏蓋鈔本僅存卽杭人鮮知之者因其遁跡逃名行蹤無定尤眷眷於金陵也唐藩既敗乃賣藥自晦走還西泠又避至三山二水間徜徉以終云

和郁少文金陵感舊

佳氣葱龍隱低回今昔時龍吟悲故匣鶯淚滴殘枝舊苑經烟洗空牆下月遲誰憐江鎖斷千古益淒其

往日艱天步時微管樂才後庭歌舞罷曲院野花哀狐嘯淪三輔狼烽黯九垓自傷經瑣尾鼙鼓逐塵來

郁彬

彬字少文華亭籍居金陵有粘壁單葉少文與曹靈孕在丹霞十一子之列晚家金陵子孫因入籍焉餘九人未至南都茲編不錄當另梓以傳世云

金陵感舊

猶是龍蟠地無如劍去時雪消五馬渡雲散萬年枝江鶴凌
風直宮鶯過苑遲平生游樂處回首重淒其
崎嶇結綺殿漂泊景陽宮謀社閨君子傾城託數公三山青
草外六代翠微中今古皆如此江流落日紅
帝里歌鐘斷龍池浴鐵齊無花開上苑有雨漾青溪文彩王
甯朔風流謝鎮西吾懷獨不見江外數峯低
京兆諸生老金門雅志違餘繻艮可憶雜佩竟全非日月催
青鬢山川數落暉翩翩江上燕好傍故宮飛

方授

授字子留桐城籍諸生居金陵崇禎末爲僧年二十
七卒子留與兄儀弟藻有三方之目詩多傑句如靈運才思歸古佛賓王詩句託孤僧我望杲卿惟罵賊人談諸葛不知兵五男獨讓千金劍一水中藏萬卷書臥病深山尋遠志懷人千里寄文無鴻雁鄉

關傳涕淚蟪蛄客舍望平安俱激昂可誦

喜得戴大書

分手秦淮四月閒，三年風雨別離顏。夢魂不去南朝寺，書札初通東海關。我尚未能知死所，君從何處得生還。開函總是常相憶，珍重龍眠大小山。

贈心上人之山東

杖劒初從丞相軍，幾時削髮不餐葷。論心懶豈如明瓚，截指忠猶想霽雲。佛鼓三撾曾罵賊，僧厨一食尚思君。扶笻過我情無限，漫說蘭臺石室文。

談允謙

允謙字長益，丹徒籍，居金陵，有樹蘐草堂集。

登報恩寺塔

莫疑締造鬼神工萬物堅持一氣中吳地有臺游白鳳漢宮何處望銅龍雲開帆動三山月樹外樓開六代風異域貢金供鑄鼎低徊當日帝圖雄

如將騁望陟山高抒嘯甯辭登頓勞香霧怒飛青鳳舉松濤狂吼碧虬高吳天草綠愁無盡楚澨烟深怨未銷屢喚六朝人不醒空教鈴鐸語秋霄

沈士柱

士柱字惕庵一字崑銅蕪湖籍莽梅岡有土窨集崑銅

墓在雨花山後寶光寺側有石碣

偶欲作詩無題諸公戲以無題命賦遂作三首

瑤笙錦瑟舊歡場曾占温柔第一鄉老去頓成彈指事憂來難覓斷腸方渡尋桃葉應多恨夢到梨花別有香後閤每嗤

王處仲英雄何損爲情傷

曾醉旗亭唱白雲詩名傳遍石榴裙香匳集欲窺韓相繡被歌還擁鄂君久向春風無誤曲未虛夜月有迴文夷吾今向囚江左論誦微詞小婦聞

依依柳色上章臺憔悴君平手自裁燭影漫驚同墮淚香心將見復燃灰閒情未玷陶潛節好色曾譏宋玉才正氣歌成歌板斷剛腸莫浪作柔猜

沈士尊

士尊字天士蕪湖籍士桂弟

春寒同友人夜坐

無端邂逅豈前期燈火熒熒卜夜時野鳥求明嘑盡旦寒花惜別號將離柳眠欲伴人三起樹繞空留鵲一枝忽憶蓴樓

長枕被大裘千丈更相宜

贈張生生

記得西江買棹歸漫天巨浸欵柴扉少微星隱人高臥鉤黨碑除事已非不向沙場要馬革卻憐燈火戀牛衣郎今土銼塵應滿相顧無勞歎式微

楊焯

焯字俊三吴縣籍居金陵

秣陵雜詠

城南臨眺處傳是雨花臺野曠層陰合山空積翠開吳雲連海動朔雁暗江來坐覺烟霄外風聲戰角哀

横塘堪戲馬馳道指牽牛結客過三市鳴鐘動五侯花翻桃葉渡人醉木蘭舟莫更看秋色風烟發旅愁

愁心吳苑客短鬢帝城邊二水孤帆外三山落日前翠屏江障夕碧樹海門烟歲月天涯晚音書易隔年

正學祠邊路沉吟木末亭雨飛垂薜荔臺古落丹青夜火歸遊騎寒城没曉星蒼蒼空霧裏應見哭青冥

湯燕孫

燕孫字元異太平人居金陵

赭山懷古

淚自天風向北揮山僧指點舊重圍翠華東駐泉偏咽代馬南來草不肥野老久知今日事先臣猶護昔年非延秋門外王孫盡司馬元戎自錦衣

嗚咽江流繞故關北轅不見有南還宮車夢想來閶闔高廟歌思在里閭澗夾青絲環萬騎厓懸烏幔侍雙鬟亦知帝座

傾危久古井苔紋淚已斑
直上孤峯似劒鋩鴻溝那復劃秦疆山花終古不成笑隴月
重來黯獨傷夜宿天低金鷲寺晨炊夢冷玉麟堂青城山下
無多地白草黄泥御道荒

湯燕生

燕生字巖夫太平籍隱居蕪湖晚遷金陵有補過齋稿松江倪匡世云巖夫博學嗜古冠蓋者不得見非素與習交者雖輿金輦璧不能得其片紙

寄北山隱者

徙宅小避城西驄編籬淺徑鉏韭菘厭遊京洛郭有道僻居
河渚王無功南鄰農事話晴雨北面生徒敎孝忠此地隱君
棲遯後人呼石室披裘公

答汪栗亭

蒲柳風枯荻葦斜晚香秋圃澹黃花兩京遺事談天寶中國
清言歎永嘉韋素幾曾忘北闕轗軻終不怨南華新詩緘怨
頻相寄夢裏長吟病後嗟

覃獻籙

獻籙字公烈荊州籍明末官中書後走日本暹羅晚
隱居鍾山松江倪匡世云公烈挾其書畫走百粤年近古稀詩酒之興不減

東粤舟中與故人話舊

離亂移家西復東故人相見已成翁旅窗記別十春外前席
論心三月中按劍風塵驚老大聚沙庭院憶兒童蹉跎莫話
文章事聲價於今總不同

吳時德

時德字明之一字不官吳縣籍遷六合復家上元有

胥母集明之居金陵入秦淮詩社其來搜集顧夢游序之其可老吟王濆序之又蘆中草錢棠叟序之雍正閒從孫定璋合刊爲吳不官遺集沈德潛序時又有秦嘉銓字存古與不官合選兩山風雅不官贈詩云一代友朋零落盡兩山風雅後先荒

秋晚閱魏惟度詩選中林茂之遺詩甚多因以志悼

君從草澤表遺才更慰同人在夜臺佳句正當驚死後悲風猶覺帶秋來一生高骨愁中見半世鄉心夢裏回哀眼細看迎返照碧空如畫雁聲哀

山中述感示金亦陶

衰白歸來水一方從今消受兩山光難稱地主窮應固敢謂詩人老更狂春鳥夜泉皆綠綺衣冠鄉井亦黃粱牀頭瓶罄兼風雨辜負梅花半月香

張拱機

拱機字羣玉內江人居長干寺獻賊據川不復歸

讀陳白雲詩譜

愛爾清狂絹婦辭相求海嶽足相知猶存此道銷兵氣不恨伊人隔水湄東閣吟成花事早西臺哭後竹聲悲白雲自悅仍堪贈欲洗先生舊墨池

王之梁

之梁字雲峽嘉興籍明季移居金陵有讀史廬稿雲峽仗劒遠遊福王南渡慨然上書陳策爲馬阮所忌幾被害南都失守遂頹然自放生平好結客每遇豪士攜酒對大江痛飲周篔憫其流離以詩招之歸云咫尺傳烽隔往還故園流水自潺湲寒烟豈限重湖雨春樹能深二月山結客徒然開竹徑避人應復閉柴關他鄉縱有憐君者何似歸來十畝閒雲峽竟不歸佯狂以終篔王店梅里人也

蘇臺頃

蘇臺高高不極臺高望見臺兵入當時吳漢爭江汜虎鬬龍擾無極己偏師一旅控臺城更出一軍援脣齒批亢擣虛斷中堅左支右梧應莫抵天下事未可知何爲乎飲河之鶡怡堂之雀徒然守此彈丸與黑子堪憐跼蹐無長策但取蘇臺作京國願爲方伯連帥比桓文甘作夜郎漢大同覇述曾無島中五百人惟有堂下三千客雞坡狗塘競吳子狗盜雞鳴無一士祗有田横倔强心昂首漢皇呼我爾檻車肯乞隆準憐怨魂夜嘯龍江水噫吁嘻蘇臺高高已夷吳民猶問張王基

西鄰老翁歎

東鄰痛哭唬晨炊可憐爨下兒三日望糠粃西鄰號呼應鞭箠可憐徵求骨終當飽鵰鴟徵求肉盡還存鬱老翁尚戀殘

饑喘剝樹見骨心悲僂老翁囘面向我唬飽經喪亂死朝夕
溝壑之餘兒與妻肥男忍饑猶蹴躃瘦男把鉏無氣力催成
病婦了殘機麥飯摶沙咽不得無年忍死應徭伍吞聲寄淚
無乾土敲脂斮髓虎冠者意氣躑躑輿上儛車裂張湯俍可
蘇鼎烹宏羊天乃雨吁嗟乎明王自諱水旱書漢家久乏龔
黃徒撤縣減膳空爾爲爛魚崩土嗟何辜君門九闕聞不聞
我對老翁太息胡爲乎

東京亂

東京亂無次狐虎干天常木瓜滿道周逆命先武昌蹂躪偏
江左飛渡來龍驤天子下殿走將軍憤國殤憶昔啟四藩百
道畀金湯黔驢一無用魚爛誰與抗吁嗟千里遙白骨蔽平
岡鯨鯢滿河北封豕下衡湘巴江渺天末商洛哀淪亡當時

摧亂本致慼於太康長星不勸酒亦難制危疆出門何所見
戈甲徒煌煌逃亡盡六合戰血裹痍創驅車不忍視泥首訴
穹蒼喟彼黍離詩令人摧肝腸

王　拔

拔字人表嘉興籍遷金陵

秋懷

天淸玉露下寒河連騎蕭蕭薄暮過萬里風高鷹羽健千家
月落杵聲多故園鋤草留殘菊古陌輸租刈晚禾不是秋深
貪習靜畏聞野老說干戈

張彥之

彥之字洮侯一字峭巖初名懿華亭籍居金陵有浴
日樓詩　洮侯與弟漢度九句有三張之目洮侯盡
斥其田宅讓細林別業於其弟避居金陵

秦淮竹枝詞

金甲銀鞍戰士豪六軍承詔著功高而今攻守江南靜百鶴空思賜戰袍兵部尚書閱操衣白鶴繡袍

御柳低垂曉色開天壇香繞淨蒼苔陪京國學當年事紫色燈虛祭酒來百官燈白祭酒獨紫

弔靖國公黃虎山

晚季輕武弁動即受裁制功罪棼莫定刑賞恒倒置三軍鋒刃餘樞府濫恩被人心具解體責賂猶孔亟侵漁過十六實支無十四上與下相蒙中與外俱蔽流氛倉卒起朝亡曹如醉疇昔諱言兵奚從諳武衛靑徐暨楚豫在在僨厥事督臣及師臣瞠目漫長唶寶劍出尚方徒虛明王賜盈廷乏勝算建議調邊帥僉曰得功賢他將殆兒戲往分鎮太原負氣藐

當世臨陣身必先勇決不少悤大小輕百戰首虜豈數計竊
度公之才辦賊誠甚易勢分各有心名盛滋衆忮大業用勿
成孤忠懷憤恚跋扈若高傑借闖行自恣擁兵據偏隅於國
將不利怨公爲最深幾欲乘其獘若彼劉澤清書生而無賴
貪緣握兵權斂怨媚中祕良佐亦劉姓賊內自拔致一旦荷
龍光報稱應獨至曾無分寸功驕蹇高靡巽三蘖實漢賊詎
肯相指臂左將能料敵所部亦精銳闖獻並畏之望風期偃
幟甫圖批其根毋使蔓難薙俄聞闖部楊輕舉陷重地初也
冀攘功終焉自經縊賊勢此披猖良玉反顛躓本懷誓殉國
因激背大義伊嗣襲其命留後頗無忌金陵方建都犯順覬
神器敕公截上流三戰敗狂稺豈虞天塹雄北兵已飛濟抽
營遽還戰一矢出不意公知事已去齒劍裂雙眥薄海爲慘

慟乾坤不復霽誰云鄭鴻逵長江永屏蔽數騎偶揚帆全軍已奔避逆左固當族逃鄭豈宜貰何哉許定國豫土元戎莅不善高所爲詭詞從結契酣飲其帳中斬高首以逝相國方恃高詔發擬逮繫許懼竟北走兩河遂虛寄俾若得長驅其咎將誰諉鼎鼎諸强藩爭先願委質靦顏建旄節初不少慚愧屈指兩朝閒惟公渺難企

顧在觀

在觀字觀生華亭人居金陵晚號東籬子觀生爲揚文驄所引入馬士英幕嘗言阮大鋮不可用士英不從大鋮欲起鉤黨之獄觀生復使士英子鑾泣諫賴以稍止南都亡歸守二頃復以逋賦遂棄產遁居金陵衡陽寺以終

金陵懷古

江上風烟吳楚連地形盤屈帶三川兩朝南北衣冠正六代

車書日月懸會獵壯言嗤孟德投鞭失計笑苻堅如何天塹
風流主欲向臙脂井底眠
十年不見石城秋萬事皆隨江水流晉代五龍空往識謝家
雙燕有新愁千門哀柳懸殘月一劍清霜感敝裘滿目相逢
無限恨那堪重上仲宣樓
曹學佺
學佺侯官籍居金陵
題胡可復水閣
驅車來往桃葉渡渡頭歌管喧盈路金陵惟此行樂地可惜
爲官不得住我官無事長日閒之子幽期坐此閒橋上行人
俱在水鏡裏嫦娥別有山幾行楊柳枝交蔭門外彎環碧流
枕雲散仍從几席生潮來半是闌干浸月明艇子搖雙雙兩

岸人家浮玉缸有時暗泊疎簾下見爾科頭坐北窗

高　兆

兆字雲客一字固齋侯官籍有遺安堂草雲客善小楷廣交遊唐王授以官爲鄭芝龍所忌走之金陵明亡耿藩欲招致之不可得避居江寧陶吳鎮清隱寺

湯御史行

湯公諱芬字芳侯嘉興人庚辰進士以說大帥遇害於福寧州寧德縣藁葬海濱越十五年壬寅其子貺字千里披荆榛刺血滴土得其骨負以歸

烈皇死國忠臣盡四海南奔那足問天隅流落故臺郎夜行獨出秦川郡繡衣濺裂垂兩肩傷心鐵印磨腰穿嬰城故人總開府樓江諸將空樓船樓船殺氣星如掃孤臣匍匐炎天道白頭已殉由拳城一身猶赴田橫島新市邯鄲各有君攀龍附鳳爭將軍怪爾能簪獬豸筆徒步來穿虎豹羣座上風

雲叱咤起義兒負劍冠披靡魯陽未解平原圍酈生已向歷城死海天昏黄血模糊老翁手提七尺軀緼火登邱舉長鍤黄泥白草鳴妖狐同時節士聞太息纍纍積石横胸臆行人那識御史墳飛沙已没墓門棘此事虚無十五春中原大節久沉淪有子尚收文舉獄招魂誰問汨羅津太白蒼蒼落日急孤兒脱繫思翁泣從亡奴僕死凋零經過親串病呼吸辭家痛哭入南方眼穿足繭經風霜甯陽城外知何處霍童山前空斷腸斷腸斷腸悠悠行路者自言家住荒邱下曾看生前玉貌身嘗騎死後青驄馬嗚呼公子且莫哀縣官清野令風雷明朝下帖開邊障老兵負弩除草萊十里沙礫百里海波濤潰濟墟里改蔴衣一望沙田號土人共指銀魚在重泉初開日月昏觀者辟易聲淚吞温序髭鬚飄颯動先軫頭顱精爽

存孤兒抱持眼流血血落草枯肝腸絶衣冠重裹柏鄉新關山仍導烏臺節吁嗟乎湯公歸去石塚高黑頭孝子埽林皐可憐玉匣無消息春風何地長黄蒿

荷蘭使船歌 代友人紀事

乙巳冬十月鈐閣日清秘撫軍坐籌邊頗及荷蘭事幕下盛才賢共請窺其使連騎出城隅江聲來瀰瀰横流蔽大舶望之若山壓千重列樓櫓五色飄幡幟飛廬環木偶（船上周遭刻木偶如人以疑遠）層艦含火器（大佛郎機百位含伏艦中）畫革既彌縫（外裹牛革）丹漆還塗墍（每月塗伽馬漆一週故堅固）叩舷同堅城連鏁足馳騎佇立望崇高眞非東南利某也亦賓客縋藤許登跋番兒候雀室探首若鬼魅（上下以藤結梯雀室船中候望之竇番兒見客緣梯從竇探首以手援引）攝衣升及半火攻炫長技烟霧横腰合雷電交足至（客登舶施放諸炮爲敬）譯使前致辭此

其事大義其上容千人方車𠛬并轡其人各垂手周行若沈思船上人無事則負手閒行竟日千過不息不測其故中央匱指南樞紐浮天地船中央以匱閉大羅經爲行舟指南之主最鄭重鐵軸夾其閒淩雲百丈植桅檣皆鐵裹束七帆恆并張八風無定吹帆以布凡七張之受八面之風皆施如網羅坐卧引猿臂帆縴交結如網船人暇升縴坐卧其中遠望如猨猱下觀空洞底委積於焉寄船下數層深數丈懸釜爨飲食船第二層以四鐵索懸大釜作食載土滋種蒔船面有土種蔬但可歎博厚安能測深邃船師亦國臣逢迎慰臨涖坐我卧榻旁氍毹足明媚雕鑪障玻瓈船畫處總皆玻瓈懸桁垂卣觶飲器皆以桁懸懽舟行傾𠬝發筒云葡萄洗醆注翡翠高瀉成貫珠傳飲勸霑醉國俗行酒以傾瀉杯中成珠爲禮銀盤薦瓜蔬風味頗浸漬瓜蔬味酸脆碧色可餐豈欲傾其釀因之窮審視明明簪筆邊木爲筆如冠簪而細半卷有文字繪事江海迹水道何太備島嶼分微茫山川入詳委是日于其貯筆

處得一卷長丈許繪畫山水各有番字如蟻分識其下考之皆五虎門內外沿海地圖及水深淺處詰問澤人以識水停舶爲對時使相視旁皇觀圖見包藏甯惟一驕恣上馬大橋頭目送增憂惴嗚呼通王貢詎可忘覬伺周防勿逡巡公其戒將吏颺去勢已形禮義不足餌

紅毛行代友人作

海邊黔首重足立海外紅毛交臂入連天之舸遮南臺車馬紛紛岸旁集細氈大笠紅氍衣金紐連綿錦帶圍手中骨朵銀花鑲胯下文韡鐵葉輝北來駿馬西番轡騎向雙門似隼飛外番大府日禮宴釃酒椎牛官長羨柔遠之義爭撫軍軍門循例開厨傳牙旌日麗鐘鼓喧嗚嗚吹角上轅門老番碧眼散黃髮兩兩騎過升堂軒黑面元髮一百箇脫笠橫刀兩旁坐領帨紛披白似霜短衣爛漫紅如火當筵致辭謝鼎烹

旋催蘇合沸銀鐺曼頭煠漉出黃玉牛臑燔炙成金牼韜手
之韋一時脫俗以柔韋韜手具食脫之沾濡案席聞芳辣中有紅毛稱白
丹座中漢語時嘈咶軍官認是漳州民荷蘭種落甯其倫指
揮元髮起獻壽大言其刀皆有神倏然拔鞘萬蛟動走電呼
風遶畫棟清光盤挐旌旗龍天影低昂蟾幞鳳亭亭入手繞
指柔直矗一鳴金石愁銀絲刻畫吐番字金環錯鏤吞寶鉤
銅鉉旋張銅琴鼓錚鉉亂撥落風雨拗竹張絲倚臂彈拍手
彈肩跳梁舞青天白日變海邦魑魅魍魎滿公堂紛紛兵氣
眾目動森森異拍心魂揚從官兵衞空咤叱軍仗數動鈴閣
下撫軍南面威儀尊如山不動神姿暇樂人承宣趨阼階平
番曲奏清塵埃羣番皆起下伏地膝行牽馬過行臺退開東
閤思封事白髮籌邊眞盡瘁手把尚書遺奏看對予雙下龍

鍾涙

金陵詩徵卷四十一終

江甯何允恕校字

金陵詩徵卷四十二 閨秀

上元朱緒曾編

宋

劉彤

彤字文美江甯章文虎妻胡仔苕溪漁隱叢話云彤工詩詞嘗有詞寄文虎云千里長安名利客輕離輕散尋常難禁二月好風光滿隄芳草綠一片杏花香記得年時上馬看人淚眼汪汪如今不忍更思量恨無千日酒空斷九迴腸又云向日寄去詩曲非敢爲工蓋欲道衷腸萬一耳何不掩惡輒示他人適足取笑

奉寄章文虎

碧紗窗外一聲蟬牽斷愁腸懶畫眠千里才郎歸未得無言空撥玉爐烟

畫扇停揮白日長清風細細襲羅裳女童來報新蓊熟安得

良人共一觴

李少雲

少雲金陵女子潔志勤修鍊丹學仙以病卒見許彥詩話又俞婆者亦金陵人苦行茹蔬呼俞道婆

病中詠梅花

素豔明寒雪淸香任曉風可憐渾似我零落此山中

元

花山節婦

節婦溧水游山鄉人姓名不傳至元丙子間爲兵虜至崇賢鄉碑亭橋嚙指滴血於橋柱題詩畢卽投水而死後人以花山節婦名之里士濮梅山記其詩事見金陵新志

題橋柱詩

君王有難妾當災棄子離夫被虜來遙望花山何處是存亡兩地亦哀哉

明

錢敬淑

敬淑字師令江甯人文學談允謙之妻

泊浦子口

殘年孤櫂泊近浦驗歸程雪圃芹芽白江醪竹葉清夕陽新別路衰草古離情隔岸寒山色含悽望舊京

盧允貞

允貞字恆庵上元盧雍之女倪文毅公之室倪文毅哭內八首自注夫人自幼不輕出閨門于歸後內助二十年撫衆妾極有恩義善弈好書家貲罄時支持極勞封

股療父禱北辰請命以愈舅疾已疾獨檢方市藥以自療緣予不在卒不令醫診視其簡重如此

戲贈小婢

盈盈一朵小桃紅偷學簪花格未工堪笑鄭家書帶草不歌江氾詠泥中

馬閒卿

閒卿字芷居上元人陳翰林沂之繼室年近八旬尚不廢吟咏書法蘇長公頗與魯南相類善山水白描

苦雨

終日雨翻盆愁人欲斷魂嶺雲生屋角野水沒籬根楊柳深藏徑梨花靜掩門聲聲偏入耳寂寞自朝昏

有感

春風零落後秋圃恨開遲總是宜男草傍人也未知

暮春

紗窗睡起藹朝暉滿院鶯聲花正飛間裏不知因甚事春來容易送春歸

七夕

靈鵲成橋事有無人間今夜憶黄姑倚窗坐久秋聲動一葉西風到碧梧

周　潔

潔字玉如家金陵城南胭脂巷中年十四歸應天府判張鳴鳳張罷官攜歸臨桂數年後詒書省父寄詩一册名雲巢詩

晚晴

久雨愁無極斜陽喜乍開樹披殘靄出山挾斷雲來的歷穿

花徑逶迤過渚臺更須林月上淸賞一追陪

江邊思家

北望一含愁歸心俯碧流灕雖注南海湘亦接巴流天闕當牛斗臺城枕石頭儂家生長地終歲信悠悠

白帝

白帝嚴金駕乘風下紫微德惟宣湛露令即屛炎暉乍警靑梧落將催赤雁飛何須賦團扇恩顧似君稀

秦淮

秣陵無處望灕水正前流何不教東下將心到石頭

夢還京

自去長干側終年桂嶺西新秋望鄉處無奈白雲迷

憶父

憶昔當殘臘，還家雪正飛。三年無一字，不忍見鴻歸。

傷長姊

花落空縈恨，鶯聲更助哀。芳魂似流水，一去不重迴。

登樓

憑闌一望白雲重，松竹蕭森裛露濃。樹外連灘流不斷，依稀如聽秣陵鐘。

李國梅

國梅，字芬子，號韞庵，布衣瀚之女，諸生解舉鼎室。有林下風。國梅生有夙慧，九歲賦落花詩，即有鶯聲嗔轉夢中人之句。年十二賦鳳仙花詩，工繪史書，聯云：題詩雲起珊瑚架，作字烟飛鸞鳳牋。于歸後，夫婦偕隱，年登大耋，白首相莊，鄉里稱之。

將進酒

朝吟薤露歌，夕進新豐酒。黃鵠舉翼四海窄，鷦鷯齷齪夫何有尊前有酒盤有餐請君秉燭遊夜闌我聞人生不滿百何用行憂坐歎凋朱顏君不見漢家丞相富貴時賓客傾蓋如雲馳片言不合下詔獄折辱翻遭小吏欺又不見田蚡竇嬰相傾奪公卿半屬門下客一朝勢盡歸武安魏其筵前誰避席人情反覆多如此世路羊腸宛相似周公大聖有流言鄒衍遭讒誰見理高牙大纛專城居不如閒行隴上把耕鋤鳴鐘列鼎食萬戶不如閉門安坐酒一壺流光駒隙亦易過咄嗟身勢徒邱墟試看紛紛行路者覆車折軸將焉如

鄧太妙

太妙甯河王鄧愈之裔太僕少卿文震孟太青之繼室太青喪妻武氏謀續娶園有並頭蓮之瑞作嘉蓮詩七言四百餘首鄧之父才其女曰此眞可以壻女矣太青好奇仿子雲太元經作太微經以鄧為其童烏太青得風疾不起鄧為文以祭當時爭傳寫之

踰年關陝躪又踰年宮闕燬鄧老矣以流離死或云闖聞其才華欲延爲女子師遁去不知所終

金陵九思

丁卯王母歸咸京余母子從經潯陽兼彭澤自鄖襄入秦嶺而之長安王母庚午仙矣辛未有先君子之變夫子頻欲以我南弗能也乙亥馳函起居外王母李太夫人並張氏姑遂思金陵之景而成九思九思者效漢張平子四愁之作故國之思既九年矣寄之以九思竊比於君子也

一思

我所思兮在烈山欲往從之阻漢關層雲高鎖二陵寒側身南望涕汍瀾美人贈我落霞琴何以報之黃縷金路遠莫致倚噤吟朱湖松浪海潮音安得開襟歔蔣岑（漢武帝見白鵠變一神女撫落霞之琴）

二思

我所思兮在澄江欲往從之橫鄖襄兼天彭澤接潯陽側身

南望涕淋浪美人贈我虎魄鸞何以報之月鵲扇路遠莫致

倚淒斷天際綺霞連復散安得揚帆揮淨練漢武帝西方貢虎珀鸞置之靜室自於室中鳴翔周昭王塗修國獻月鵲脫易毛羽聚以爲扇

三思

我所思兮在桃葉欲往從之無桂檝黃河天上難爲涉側身

南望涕猒浥美人贈我一握蘭何以報之雙彄環路遠莫致

倚辛酸邀笛秦淮蕩畫船安得清流採並蓮鄭風士與女方秉蕑兮蕑蘭也陳風貽我握椒趙昭儀壽飛鸞精金彄環

四思

我所思兮在雨花欲往從之失貫查秦雲雪暗亂蓬麻側身

南望涕交加美人贈我同心梅何以報之夜明苕路遠莫致

倚徘徊先王華表玉爲臺安得乘鸞錦晝同上林苑有同心梅趙昭儀壽飛

鷰亦有同心梅晉惠帝祖梁國獻蔓金苔色如黄置盤中照耀滿室

五思

我所思兮在石城欲往從之關渭涇入川强半寇縱橫側身南望涕飄零美人贈我聞遐草何以報之漱金鳥路遠莫致倚窈糾莫愁香徑菱歌繞安得飛棹移梟藻漢宣帝背明國貢聞遐草服者耳聰魏明帝昆明國貢漱金鳥吐金屑如粟

六思

我所思兮在玄湖欲往從之阻孟諸柳斷隋隄失汴渠側身南望涕連珠美人贈我麗居香何以報之明月璫路遠莫致倚徬徨芙蓉玉鏡豔紅妝安得臨風翠蓋傍吳主亮以人名香有麗居香焦仲卿妻耳著明月璫

七思

我所思兮在鳳臺欲往從之烟雨霾劒天秋氣晚風哀側身南望涕盈懷美人贈我鴛鴦襦何以報之上清珠路遠莫致倚躊躕盈岡茵草帶香鋪安得高眺白雲衢鴛鴦襦亦昭儀壽飛鸞者上清珠唐玄宗賜肅宗者

八思

我所思兮在燕磯欲往從之畏鼓鼙愁看北鳥向風棲側身南望涕揮衣美人贈我綠桂膏何以報之赤霜袍路遠莫致倚忉勞俯江春霽浪花高安得片帆挂遠濤燕昭王取綠桂膏然以照衣赤霜袍上元夫人降漢官著者

九思

我所思兮在鷺洲欲往從之乏紫騮鹿車雙挽倘淹留側身南望涕凝眸美人贈我紫英裙何以報之綠熊茵路遠莫致

倚呻鑿天外長波二分水安得三山弄月輪紫英裙飛燕衣南越所貢雲英紫昭儀設綠熊席一座餘香百日

王姬

姬字美君孝廉林章室原籍福清隨夫居南京美君父雪窗爲番禺尉生美君六歲通曉孝經父攜入覲長安字林初文極以爲得婿初文讀書鼓山每有寄將必佐以詩初文下第遂居南京初文十年不歸先後下吏值萬麻閒歲凶美君以女紅爲活教其二子君遷古度備嘗荼苦無怨尤焉詩作即焚其稾存者其百一也詳見明詩人小傳中

白門感述

白門連歲值饑荒十載良人旅朔方顧影自嗟還自笑妾身贏得是糟糠

生平淡飯與黃齏不道饑荒乏五齊嫁得文人非薄命人間多少富兒妻

詠鳳仙花

鳳鳥久不至花枝空復名何如學葵藿開卽向陽傾

聞關白信良人上書請討之志喜

海寇無端欲弄兵滿廷文武策誰成兒夫自有終軍志未必中朝許請纓

林玉衡

玉衡字似荊南京人孝廉林章女倪廷相室似荊幼聰慧喜讀書初文愛而課之七歲時初文建小樓落成値雪後月命之吟應口卽成一絕長老傳誦皆爲驚歎他詩多不存

小樓詠雪月口占

梅花雪月本三清雪白梅香月更明夜半忽登樓上望不知何處是瑶京

韓約素

約素字鈿閣上元人梁袠妾善刻玉印

小閣

筆牀琴軫列東西寶鴨香銷繡幕低不信補戈無腕力金刀劃玉愛如泥

畢著

著字韜文歙縣人金陵布衣王聖開室年未二十隨父宦薊邱父與流賊戰死屍爲賊擄韜文率精鋭劫賊營手刃其渠輿父屍還葬金陵之龍潭于歸後夫婦偕隱沈來遠序其詩稾有梨花鎗萬人無敵鐵胎弓五石能開又云室中椎髻何殊孺仲之妻隴上攜鋤可並龐公之偶惜不得其父名還葬金陵龍潭蓋終隱於句曲者也

紀事

吾父矢報國戰死於薊邱父馬爲賊乘父屍爲賊收父讐不能報有媿秦女休乘賊不及防夜進千貔貅殺賊血漉漉手握讐人頭賊衆自相殺屍横滿坑溝父屍輿櫬歸薄葬荒山陬相期智勇士慨然賦同仇蟻賊一掃淨國家固金甌

村居

席門開傍水之涯夫壻安貧不作家明日斷炊何暇問且擕鴉觜種梅花

姚　淑

淑字仲淑自號鍾山秀才江甯人編修李長祥室工畫有海棠居詩

寄研齋太史

年年歎別離此別何時休樓頭望不見從今不上樓無錢買

鯉魚君書何處求

吳山

山字岩子當塗人縣丞卞琳室工草書善畫後築室石城青溪閒以靜修終有青山集

泊舟香口

薄暮到香口風回即泊舟一溪分竹進兩岸斷江流落日明殘牖荒烟襲廢樓籬邊雞犬靜寥落使人愁

幽居

獨尋幽處結孤寮泉石膏盲疾未消放鶴啟扉歌醉竹通魚鑿石跨飛橋露香秋老收蓮種花雨春深課藥苗食罷行吟循澤畔櫂歌聲引夕陽潮

卞夢瑶

夢瑤字元文號篆生江甯人縣丞琳之女舉人劉師

俊室

秋眺

吟息敞層樓秋光放眼收雲歸山自在江靜水安流遠樹平

於草孤村小若舟寸心聊漫擬自許似閒鷗

金陵詩徵卷四十二終

上元劉文熾校字

金陵詩徵卷四十三方外

上元朱緒曾編

六朝

曇瑗

曇瑗金陵人陳宣帝敕通誨國僧以爲僧正

遊故苑續高僧傳瑗每上鍾阜諸寺修造道賢觴輿賦詩覽物懷古共偃法師寄傲泉石偏見朋從把臂郊坰同遊故苑瑗題樹爲詩曰

丹陽松葉少白水黍苗多浸淫下客淚哀怨動民歌春溪度短葛秋浦沒長莎麋鹿自騰倚車騎絕經過蕭條四野望悵將如何

唐

張果

果靈州人六合冶浦有張果灘太平廣記所云菜園
張老也天寶中召入朝擢銀靑光祿大夫賜號通元
先生唐書有傳

題登眞洞

修成金骨鍊歸眞洞鎖遺蹤不計春野草漫隨靑嶺秀閑花
長對白雲新風搖翠篠敲寒玉水激丹砂走素鱗自是神仙
多變異肯教蹤跡掩紅塵

張　辭

辭咸通中下第遊江淮閒有道術嘗養氣絕粒好棋
耽酒後入茅山爲道士仙去

上鹽城令述德詩辭嘗遊鹽城非類乘其醉與相競力令見而繫之既醒爲述德陳情二律以獻令釋之今存述德一首

門風常有蕙蘭馨鼎族家傳霸國名容貌靜懸秋月彩文章高振海濤聲訟堂無事調琴軫郡閤何妨醉玉觥今日東漸橋下水一條從此鎮常清

護國

護國金陵僧大歷閒有詩聲

歸攝山作

誼靜各有路偶隨心所安縱然在朝市終不忘林巒四皓將拂衣二疏能挂冠窗前隱逸傳每日時三看蘄向那可論屈原亦可歎至今黃泉下名及青雲端松牖初見月花閒禮古壇何處論心懷世上空漫漫

普信

普信鍾山開善寺僧

寶公頌

鷹巢寄生道林寓跡首混齊梁人初不識杖頭有眼拂子刀尺洞照古今明逾赫日梁王契厚尤多取則妙筆僧繇形容不得皈仰人天鍾崿示寂塔鎖烟蘿風生八極

南唐

元寂

元寂族姓高乃駢之族子居昇元寺保大中授左街僧錄內供奉賜紫坐飲酒狂歌落職後醉死於石子岡

歌 馬令書云寂日以狂歌爲事大醉則十數小兒隨之行歌於路與羣兒互相應和旁若無人

酒秃酒秃何榮何辱但見衣冠成古邱不見江河變陵谷

謙明

謙明金陵僧江南餘載云謙明嗜酒好爲詩嘗詠中秋月乘興遂子夜鳴鐘烈祖聞之不罪也召問所求對曰但願鵞生四脚鼈著兩裙

中秋詠月

迢迢東海出漸漸入雲衢此夜一輪滿清光何處無

文益

文益族姓魯住清涼寺世稱法眼宗

贈木平和尚

木平山裏人貌古言復少相看陌路同論心秋月皎壞衲線非蠶助歌聲有鳥城闕今日來一漚曾已曉

无則

无則清涼寺僧文益弟子

百舌鳥

千愁萬恨過花時似向春風怨別離若使衆禽俱解語一生懷抱有誰知

宋

王筌

筌字子眞茅山道士吳曾能改齋漫錄云子眞有道之士富鄭公嘗客之於門元豐中神宗賜號冲熙處士元符三年遊茅山受上清籙先是茅山中峰石洞忽開按其地乃眞誥所謂華陽洞天便門也自左元放仙去卽閉閱千歲矣至是復開又前期畢日甘露薦降道士劉混康日似此必有異無何先生至受籙之夕仙樂聞于空浮之上山中刻石爲記其事而給事中龔深之亦爲之詩曰華陽新報洞門開應爲高人受籙來試問玉門沙遠近未饒元放是仙才先生留洞元觀久之若有所待因書壁云

書壁

身佩上清寶籙心持大洞眞經入靜敷坐靈鎮神遊金闕玉京

高坦

坦茅山道人西溪叢話熙甯閒何容簿至茅山遇道人高坦披髮跣足與簿劇談飲酒終日書一詩留別而去

留别何容簿

巖下相逢不忍還狂歌醉酒且盤桓仇香莫問神仙事天上人間總一般

湯志道

志道茅山三十七代宗師賜號靈寶先生靈寶讀書負奇氣鬖髿跣足坐大茅山頂三十年不出山趙善湘帥金陵訪山中高道一見奇之淳祐五年秋大旱召赴闕禱雨曰雨不須禱上曰亢旱奈何對曰臣聞民者天之赤子陛下憂民若此雨當旋至臣行不足格天臣心有足知天是夕果雨上大悅民舉手曰湯仙雨也召住太一宮力辭還山寶祐六年正月三日說偈有云笑入寥天一乃一笑而逝

山行

攀藤援絶壁野鹿場邊去鳥銜山果來落在鹿眠處

孫太慧

大慧字羽文一字文初海陵籍隨周終南入建業爲道士稱化南眞人

游仙曲

控鶴驅雛走八荒上天下地空茲茲追風躡影莫窮極故人卻在無何鄉無何鄉方寸地日月山河無配位劫火燒殘萬象空翻身好向鑪中避

褚伯秀

伯秀字雪巘錢唐人宋末嘗爲冶城天慶觀道士

送玉海宗師還山

渤澥天敎十載閑玉經功就勝居壇鷲塵天目妨龍臥晚歲華陽望鶴還入詠五噫丹闕近會心三笑畫溪還世緣歷盡仙緣熟坐斷陪眞向上關

法泉

法泉字佛慧族姓時住持蔣山定林寺叢林謂之泉萬卷與東坡居士善羅湖野錄紹聖元年東坡有嶺外之行六月七日舟泊金陵阻風江滸得泉公書寄詩爲謝從容歸道東坡以詩紀其事云今日江頭天色惡礮車雲起風欲作獨望鍾山喚寶公林間白塔如孤鶴寶公骨冷喚不聞卻有老泉來喚人電眸虎齒霹靂舌爲予散吹千峯雲南行萬里亦何事一酌曹谿知水味他年若畫蔣山圖爲作泉公喚居士泉公復說偈以行

悼趙清獻

仕也邦爲憲歸歟世作程入閒金粟去天上玉樓成慧劍無纖鉄冰壺徹底清春風轂水路孤月照雲明

送東坡居士

腳下曹溪去路通登臺無復問旛風好將鍾阜臨歧句說似當年踏碓翁

保甯勇

勇半山保甯寺僧

鄂州茱萸山和尚問僧曰闍黎爲復是游山翫水爲復是問道參禪曰和尚試道看師曰雕蚶鏤蛤不滲之泥勞君遠至曰渾身是鐵猶被一槌師曰降將不斬

游山翫水事尋常早晚歸來鬢似霜踏破草鞋回首看數聲猿叫白雲鄉

金陵清涼泰欽法燈禪師嗣法眼師問僧如何是祖師西來意僧曰不東不西師不肯僧卻問如何是祖師

西來意師曰不東不西僧遂領旨

西來祖意不東西猿鳥春深抱樹啼多少行人空悵望青山孤聳白雲低

惠洪

惠洪一名德洪字覺範江西新昌喻氏嘗爲鍾山定林僧與王敦素遊悟眞庵西闢一軒名曰雨翁有石門文字禪

金陵吳思道居都城面城開軒名曰橫翠作此贈之

醉穩琴無絃乃得琴中意詩髯軒無山而有看山味青山隨意有那復問城市醉眠看雉堞便覺是橫翠因以名吾軒坐臥增爽氣春花解言語風松中宮徵我來不能辨夕陰滿窗几頗怪靈鷲峰顛狂復飛至淸嘯呼白猿愧我非慧理戲題

五字詩平淡出奇偉君應意挑戰詎敢摩其壘大勝賦子虛誇詞託亾是

鍾山悟眞庵西竹林開蒼厓千尺歲久折裂余與敦素行山中至此未嘗不徘徊庵僧爲開軒向之盡收其形勝名曰兩翁作此

水邊修竹纔堪數竹外蒼厓已半隤我輩自追方外樂軒窗誰爲此閒開待邀山月三人共要聽松風萬壑哀坐久篆畦香繞遍碧消烟縷雪殘灰

超然在東華作此招之

芒鞋踏破成何事坐榻塵埋只汗顏齋鉢生涯唯澗飲結茅終待老鍾山

宗賾

宗賾六合長蘆寺僧

題壁

天生三武禍吾宗釋子還家塔寺空應是昔人崇奉過不能淸淨守宗風

圓璣

圓璣福州林氏子自號無學老熙甯中住金陵保甯寺嘗書偈於壁宣和中詔下髮天下僧尼爲德士德女而璣已化去豈偶然哉

書壁

無學庵中老平生百不能忖思多幸處至老得爲僧

法空

法空雨花臺僧王質雪山集弔法空云鶴不勝癯汝更癯平沙孤立未爲孤雨花臺上方

知有明月堂中竟省無此夜吟風憑北固何時乘月叩西湖掛頭已解挑包走試路西江問老夫

乞貲曹勷

一夢江湖已十春芒鞋不踐馬頭塵只知今日了今日豈料一身愁一身南阮固應慙北阮越人那得累秦人西風不但吹遊子吹老天涯白髮親附雪山集王賢云效唐人體非空本法也

慶如

慶如字一翁住持蔣山寺宋時禱雨雪祈晴於寶公祠下獲應如響皆鐫石紀事

祈晴寶公塔有應和商總領大卿商詩云秋來畎畝禾生耳深軫瘝句積雨陰虔叩寶公香一瓣憂民心竟徹天心

我公自有回天力一笑陰雲四野開從古昌黎衡岳事而今人又說天台商飛卿字翼仲台州臨海人淳熙二年進士以司農卿領江東淮西軍馬故慶如有人說天台

之句靈谷詩以我公四句爲商詩以秋來四句爲慶如詩誤

元

梁大柱

大柱字中砥句容人茅山道士有山中吟張之翰西巖集梁塵外山中吟序云道士梁塵外中砥余舊識於茅山多作詩樂與吾曹游嘗贈余古律數篇使人讀之不置蓋一二人之傑出者近攜山中吟稾來京師觀者無不稱歎

凝神庵

庵廬占勝倚岩扃中有高人謝俗名書卷獨存標月指松風疑聽喝濤聲衲摩銀鼠花生纈墨洒金鸞草閒行回首浮榮空一夢湖光蘸碧遠山橫

褚環中

環中茅山道士

宗壇秋夕

疏綺平雲徹夜開月明峯頂見樓臺璚璈聲裏天燈近知是三眞謁帝囘

吳全節

全節字成季號閒閒晚號看雲道人安仁人元至潛二年授特進上卿元敎大宗師崇文宏道元德眞人總攝江淮荆襄等處道敎知集賢院道敎曾住茅山有看雲集

三峯

午夜瑤壇謁帝還笥輿衝雨至山閒客來似覺茅君喜淨掃浮雲出好山

石徑松雲入步輕垂垂空翠雨初晴風來山閣涼如水小倚

闌干聽鹿鳴

重登第一峰

重登大峰頂曉色正蒼涼華蓋烟霞壯幽居日月長碧雲浮洞戶清露沁衣裳水淺元龍躍林深黑虎藏去天疑咫尺勝地豈尋常屛俯金峯畫爐分玉案香會仙猶有市濟世得無方藥圃多春意丹房耿夜光何時結茅屋稽首禮華陽

朱象先

象先字道沖金陵人元時三茅山道士有關尹子箋釋闡明要旨與宋陳顯注並傳

積金山

九轉丹成不計年幾人老死藥鑪前谷神萬古留虛牝黃白從來誤後賢

至慧

至慧字愚極元初住鍾山寶公塔院

講經臺

自是虛空講得休蕭蕭林木冷含秋至今巖畔多頑石似對
春風一點頭

智圓

智圓金陵僧

登三峰

茅氏初成子三分地肺顛丹光時隱見石徑逆盤旋墨虎嘯
淸月斑龍馭紫烟陶公如可作欲問普通年

大訢

大訢字笑隱元文宗自金陵入正大統以潛邸爲龍

翔集慶寺召訢主寺事授大中大夫廣志全悟大禪師設官隸之有蒲室集虞邵菴云訢公爲文莫之能禦吸江海於硯席肆風雲於筆端一坐十年以應四方來者之求殆無虛日鏗宏軒昂感厲奮激老於文者不能過也黄溍龍翔集慶寺笑隱禪師塔銘訢陳氏南昌人父載母蕭氏有外集曰蒲室稾公以母年高歸於覲省每自謂有媿于睦州編蒲奉親㕥以蒲名其室因以名其稾云公資貌魁特襟度豁如其所爲文無山林枯寂之態變化開闔奇彩爛然而論議磊落一出於正未嘗有所偏蔽虞公稱其如洞庭之野衆樂並作鏗鋐軒昂蛟龍並起躍物怪屛走沉冥發興至於名節敎義則感觸奮激老於文學者不能過也

初發金陵夜泊龍灣寄茅山道士李方外

人生不必行萬里亦不願讀萬卷書願爲茅山十日客山僧坐列羣仙圖大風揚旗出天闕小峯萬馬爭奔趨俄頃波濤忽破碎木末飛上金畢逋靑書晝馳壇室靜玉鞭夜擊聞傳呼去年獨宿丹井下天風拂地迎麻姑今年許入玉柱洞誰

知旅食隨檣烏懷人弔古夜寂寞寒江落月號猩鼯祖龍埋金王氣歇梁宮晉苑沈烟蕪想見雲龍映朝日山中宰相艮非迂

次韻送寥天與

楚江送客暮帆開眼底何人識異材後夜月明潮又滿青山空繞雨花臺

送郭幹卿學士赴奎章閣次趙魯公韻二首

歲宴俄聞上國行安車可是暮年情早朝翠露霑衣溼夜直銀河入坐清社稷憂勤霜鬢短江湖歸夢釣絲輕相攜不盡丁甯語歌斷驪駒白下城

短褐甯陪衣繡行相忘道術愧深情光分玉樹精神合氣肅金盤沆瀣清孤鳳遠歸阿閣晚六龍浮去五山輕微悰亦與

扁舟約烟水南詢第幾城

次韻王繼學侍御金陵雜詠十首錄六

新到建業

翩翩筆勢捲春潮自倚經綸答聖朝瀚海天高霜鶻健沙隄花發玉驄驕只知鰲負三山重誰識鵬摶萬里遥今日烏臺還赴召聚觀父老滿江橋

龍翔寺

潛宮樓觀頌中興王氣東南百倍增瞻鵲欲從銀漢渡攀龍空想白雲乘經營不惜金沙布顧命猶傳玉几凭誰識再來房次律重尋筆冢記吾曾

君子堂

堂名君子爲君開喜報傳呼柳下來當道豺狼應屛跡故山

猿鶴莫驚猜波搖翡翠風生佩露冷金莖月滿臺況是青溪
江總宅黑頭勳業未低回

忠勤樓

自負東南一劒橫故膺宸翰錫嘉名帛書覘首愁歸雁鼙鼓
江心吼怒鯨落木蘇祠孤淚墮西風長笛壯心驚姦雄欺國
眞兒戲只比藏鉤謾鬬贏

賞心亭

碌碌從人愧抱關賞心應共鶴飛還孤舟野水東西渡落日
長淮遠近山神鼓乍喧香霧合賓筵初散綠陰閒相思咫尺
長相隔一似河流九曲灣

潛宮

御榻當年小殿西龍光照地起虹蜺蓬萊珠館珊瑚樹夜月

瑤臺白玉梯甲帳列營環衛密軀茲按拍蹋歌齊代來故事憑誰記只有年年杜宇啼

陶隱居像

元運撫八極萬化同其根委佩天池月晞髮扶桑暾仙佛皆幻跡著書亦寓言神交千載上一洗濁世昏

宿牛頭庵 有序

延祐甲寅十二月登牛頭山雪後見草庵如壺有淵道人居之從一竇俯入中可丈五設一柴牀無他長物客至則立語謝客客故去淵以半坐分我且言始至從樵者丐畬茅席地爲坐淫雨沮洳翹然立終夕居人始憐我有周文卿爲搆瓦屋三間而子適至豈有所待耶故以庵累子一日會周相歡如平生翌日作詩相留予既慕融公高風欲憩止焉而志不果作短歌謝周

憶昔壯年游東溟大船椎鼓江上行天女吹華龍象舞風水夜作蛟龍驚浩歌聲戛牛斗上百年有志非功名箋經肯讓

甘露滅上書獨許嵩仲靈青春悠悠去不返萬里孤蓬尙漂轉可憐歲晚長干城冰雪連天江漢遠紫雲如蓋靑石寒必逢勝處一解顏平生始識周處士臨岐握手俱忘還老子胸中飽邱壑道人眼底無江山十日茅茨臥風雨便擬挂席烟蘿閒師年八十不可待又欲爲母營朝餐況聞大法可痛哭我心安得如石頑

妙　高

妙高一名夢池字雲峯太平興國寺僧元兵至蔣山有軍人迫師求金以刃擬頸妙高延頸曰欲殺卽殺非汝磨刀石軍士擲刃而去伯顏見而加敬寺賴以濟

答牧庵謙禪師

不是蠅穿紙非同羊觸籬鯨吞海水盡露出珊瑚枝

雨花老人

老人詩見五臺清涼傳

明月池

倚杖看明月滄浪水正清悠然歌此曲可以濯吾纓未入非熊兆空沈老兔精若逢知道者相與結鷗盟

道白羽扇

同張伯雨過凝神庵因觀宋高宗所賜蒲衣道士張達晴日赤山湖水明湖中山影一眉青蒲衣道士無人識羽扇年多落鳳翎

靜淵

靜淵白下人

大寶塔院寺

佛刹巋巍倚碧空諸天寒色照簾櫳璃樓靜掩娑羅月寶塔香飄薝蔔風百道明霞浮几上數聲清梵落雲中萬年慧炬通霄漢洪福應歸聖主宮

金陵詩徵卷四十三終

上元劉文熾校字

上元朱緒曾編

明

宗泐

宗泐字季潭臨海人族姓周氏天界寺僧有全室集十卷季潭八歲從中天竺笑隱訢公學佛二十受具從智開山于龍翔寓意詞章尤精隸古洪武初高皇帝詔舉高行沙門居首建普度大會於鍾山命製讚佛樂章復說法超度迷溺太祖命住天界召對內廷賜膳無虛日復賜和平日所作詩一帙註心經金剛楞伽三經行世十一年太祖以佛書有遺佚命領徒三十餘人往西域求之十五年得莊嚴寶王文殊等經還朝開僧錄司授右街善世因長官奏事獲譴往鳳陽槎峯建寺三年訖工天界寺火奏重建于聚寶門外二十三年詔再住天界二十四年復領右街善世居無何奉旨佚老歸槎峯乃絕江至江浦石佛寺微疾三日而寂世壽七十四建塔天界附廣智塔右

戰城南

進兵龍城南轉戰天山道烽煙漲平漠殺氣霾荒徼將軍重爵位天子尙征討不辭鬭死多但恨生男少

隴頭水

隴樹蒼蒼隴坂長征人隴上迴望鄉停車立馬不能去況復隴水驚斷腸誰言此水源無極盡是征人流淚積拔劍斫斷令不流莫教惹動征人愁水聲不斷愁還起淚下還滴東流水封書和淚付東流爲我殷勤達鄉里

冰雪窩

道人冰雪窩巖栖稱岑寂洞門白日陰三徑青苔色片雲簷外生落葉階前積更深芋火紅晝靜茶烟碧淡泊中自恬安居無不適彼美西方人時時勞念憶

送銛上人省親

青山澹斜暉驚風在高樹行客起遐思雙親髮垂素雲飛滄海遙雁下寒空暮老來惟夢歸隨君故鄉路

雜詩

落葉委通衢紛然無人掃但覩新行迹不見舊時道古木依道傍亂藤絡其杪歲暮終青青終非本容好世人懷往途悟此豈不早振衣無後期來從漢陰老

送徐伯廉歸南陵

把酒城南道離懷去住同鳥啼紅樹裏人在翠微中山雨添秋色溪雲渡晚風倚樓相憶處明日各西東鳥啼二句葉世奇草木子載之以爲今上佳句蓋譌傳全室詩爲太祖御製也弇州别集辯爲庚申帝作尤謬

登峨眉亭

千尺蒼厓一小亭大江東下入滄溟磯頭牛渚從來險天際峨眉不盡青南北山川分歷歷荆吳檣艦去冥冥十年兵後重來客獨倚闌干兩鬢星

山景

孤村帶寒雅遠山涵夕霧渡頭人未歸落日風吹樹

送人歸南昌

紅顔白髮映青袍三十年前白下橋亂後重逢天竺寺相看如夢説前朝

故人多在大江西欲寄封書懶不題昨夜東風吹夢斷曉來無賴是鶯啼

清濬

清濬字天淵黃巖李氏子洪武閒召入京住蔣山寺

設普度大會感佛放光補右覺義太祖親製詩十二
首以賜之

上命和山居詩錄一

老來一鉢住巖幽塵境無心得自由空裏每看花滿眼鏡中
漸覺雪盈頭吟餘月照千峯夜定後雲生萬壑秋身世已知
渾是夢百年光景水東流

居　頂

居頂字無極黃巖人洪武間選赴京師授僧錄住靈
谷寺

賜衣謝恩命詩

內使傳宣出紫宸賜衣何幸及微臣金襴照耀天人喜白氎
鮮明雨露新光寵山林同佛日遍除霜雪布陽春餘生受用

流傳遠萬歲宗門沐至仁

溥洽

溥洽字南洲山陰人報恩寺僧有雨軒集南洲族姓陸放翁之後人也於郡之普濟寺禮雪庭祥公爲師從具庵玘公於普福貫串經範旁通儒典禪定之餘肆力詞章洪武二十二年召爲僧錄司右講經三年代夢觀圭天禧又三年由左闡教陞左善世太祖卽位召斯道衍公于北京命主教事公以左善世遜衍而已居右永樂四年詔修天禧寺浮圖車駕臨幸命慶讚祥光燁煜時有任覺義者忌其寵搆詞閒之左遷右覺義不撓自處裕如旣復右善世仁宗卽位數被召問乞居南京報恩寺養老遣中官護送宣德元年七月示寂留偈而化年八十有二塔于長干西南之鳳嶺上遣行人王驎莅祭賜院額爲鳳嶺講寺

海鹽鄭曉今言云靖難兵起溥洽爲建文君設藥師燈懺詛長陵金川門開又爲建文君薙髮長陵聞其事囚之十餘年永樂十六年姚榮靖疾革車駕臨視問所欲言榮國於榻上叩首曰溥洽繫獄久矣上卽日釋之出獄走大興隆寺拜榮國床下白髮長數寸覆額矣

送高懺首還越

昔我來吳今五年青山目斷東南天越音未改吳音熟每見鄉僧一惘然上人何來亦瀟洒纔打鄉談便能解觀光上國及期還聽講長干前月罷梵公此地迹猶存爲我重開懺悔門石橋花飛香杳靄蓮池蛙靜雨黃昏夢中金鼓聲初歇卻艤扁舟欲歸越碧草遙憐茂苑春蒼苔不埽蛾眉雪竹閒舊房薜荔侵篋書芸消生白蟫人情懷土無古今悒悒終爲莊舄吟我亦因之思禹穴負儋未息愁難任陸沈鄉井亦何事白鷗有盟宜重尋清鏡閣前湖水深會爲先人照苦心丈夫出處自努力贈言愧比雙南金

題王冕梅花揭篷圖

王郎寫梅如寫神天機到手驚絕倫自言臨池得家法開縑

散作江南春酒酣豪叫呼霜猊寶泓倒飲隃糜薰龍跳虎臥意捷出縱橫錯漠迷芳塵繁花不消千樹雪古苔蝕盡樛枝鐵縞衣綽約珮瑠明夜夜貞心照寒月嗟予落魄西湖濆夢魂幾度入桼雲東風吹香趁流水斷橋愁送波沄沄一杯不到孤山土忽見王郎已千古還君此圖歌莫哀原草青青隔烟雨

淸濋

淸濋字蘭江天台人嘗說法吳中緇素傾向四座至無所容後居天界寺高皇帝召對稱旨御製淸濋說賜之有應制亥鍾山寺作晚憩錫邑之東禪寺有望雲集及語錄毘盧正印行世學士宋濂爲敘

登鍾山嶉秀亭

浥袂秀色時蒼蒼憑陵八荒隘九陽裂地長江走腳下巡簷赫日當吾旁楚天吳天雲海寬千山萬山蛟龍蟠禾石沙頭人喚渡大茅峰頂仙騎鸞眼底山川不盡識蘚花石路空輦迹憶昔元鳥看波時六氣不動乾坤寂

廷俊

廷俊字用章饒之樂平人年二十薙髮謁訢公于中天竺訢公歎曰子黄龍佛印流也訢住持龍翔集慶延居第一座歷主吳越大刹至正末主持錢塘之淨慈明年建元洪武徙寓鍾山端座示寂闍維舍利無算歸塔南屏山中有泊川文集五卷五會語録

翠微亭

誰搆遺亭蒼莽中蕭蕭深谷起悲風五更璧月初沈海萬里

銀河欲瀉空江闊淮南連畫鷁雲開塞北見飛鴻黍離不獨周人恨滿目寒煙六代宮

惟則

惟則字天眞洪武初以高僧召至金陵

竹枝詞

烟消日出江水流江風搖蕩木蘭舟故園望斷不得去楊柳蒹葭又早秋

普莊

普莊字敬中自號呆庵洪武中被召入天界寺

追和歸源老祖山謠

長林悉凋落刮地霜風吹道人不出山終年無所知一心既空寂萬法將焉依海門明月上冷照枯松枝

守仁

守仁字一初號夢觀富陽人發跡四明延慶寺住持靈隱寺洪武十五年徵授僧錄司右講經三考升右善世毋沒奉旨奔喪賜鏹殯殮洪武二十四年主天禧示寂于寺南洲洽公贊夢觀法師遺像云右街三考左街升跨龍基只一僧遍界光明藏不得又分京刹百千燈

贈村監令安道

我聞昔者城南杜居室去天才尺五爭似中朝供奉郎夙夜忠勤侍明王憶昔隨鴐征西方手持櫛鑷心遑遑南臨衡婺北淮海東下毘陵西武昌白旄所指無不在天下承平鬢顏改聖上從容問舊時感歎俄驚三十載朝回館舍即閉門閒披貝葉忘朝昏但願淸貧得長壽萬歲千秋蒙帝恩

寄鐵崖先生時留京總裁禮樂書

蓬萊宫闕五雲東龍虎山川錦帳中盡說黃金延郭隗誰知白屋起申公春秋衮鉞諸侯懼南北車書萬國同卻望鈞天纔咫尺一琴涼月寫松風

正月十五鍾山書事並簡陶禮部

上念羣靈殞劫灰法筵親向蔣陵開雲垂五朵金仙降燈擁千官玉輦來旌旆影寒香旖旎簫韶聲轉月徘徊清朝盛典誰能記白髮詞臣漢史才

游白塔寺次劉伯温先生韻

春草禪扃路欲迷白頭感慨故宫西鐘聲送盡寒潮水月落冬青杜宇啼

夷　簡

夷簡字易道號同庵義興人與止庵祥公同嗣法於
平山林和尚洪武五年與鍾山法會十一年住杭州
淨慈寺十二年住南京天界寺除僧錄左善世有鍾
山法會詩
正月十三日三鼓上御奉天殿集公侯百官奏上佛表
命禮部尚書賫赴鍾山啓建法會焚之賦奉表
御手封函出紫宸百靈效職共紛紛尚書夜待三更漏使者
朝行五色雲宣室鬼神徒有問茂林封禪漫能文陳情此日
趨靈鷲萬歲千秋報聖君
覺澄
覺澄號古溪山後蔚蘿人族姓張氏天順五年住金
陵高座寺胡濙序其雨華集

送玉峯琳長老還清泉

來游江國早相招一到荒山正寂寥得戒已聞天竺雨洗心曾見浙江潮雲開曉日回蘭棹鶯囀春風上柳條欲問清泉何處是毘盧高閣倚層霄

雪梅

雪梅吳人嘉靖中游金陵蹤跡奇異不拘戒律日飲茗二三十盌閒進酒肉寓報恩寺與叢桂庵十餘年

秋興

雨過池塘暑氣消山岡處處亂鳴蜩侵衣樹色搖空翠遠戸江聲落晚潮自笑疏慵忘禮樂祇將蹤跡混漁樵降心惟有詩魔在時復臨風寫綠蕉

法聚

法聚號玉芝之姓富嘉興人聞金陵碧峯寺夢居之名荷笠往參

游靈谷寺

石磴迢遥入翠微倚空臺閣映斜暉長廊春寂花初落萬木雲深鳥自歸靈谷慈風生梵境寢園佳氣護柴扉未應誌老無長舌古塔鈴音徹上機

性　嘉

性嘉字本初靈谷寺僧唐吳道子畫寶公像李白讚顏眞卿書爲三絕宋末碑燬於兵燹元朱蕙重摹鐫石趙孟頫識之後宣德間復燬成化中性嘉重鐫詩石

三賢碑詩

童行入靈谷負緣聖師慈芘福食有廩夯居有屋無以起稱成慚悳昭代聖師尊之獨六朝感仰如化育道德神通皆具

足百世淸風淨塵俗唐時吳李顏之屬像讚書工重金玉有相無相匪拘束硯藻筆峰春萬斛非眞是眞誠難卜水空空花歸郢曲石刻文光夜上燭森羅萬象娛心目宣德王子經冋祿星斗從明鬼神哭數載摹本求所蓄命工重鐫踵芳躅元功鐘鼎入私淑聖師光明燈再續叢林宜寶非碌碌千年恩澤期均沐

普泰

普泰字魯山號野庵泰人深禪觀嗜儒學嘗泝淮涉江讀書鍾山寺

過牛頭寺

行過多歧又問歧雲林深處到來遲寺僧相見不相語自對斜陽讀斷碑

林運素

運素南京神樂觀道士

登天壇

我覽圖經尋岳瀆東至太行入王屋崎嶇千里不敢辭手策桃花九節竹舉頭貪看華蓋峯矗然身入翠微谷上方樓閣與雲齊金碧交光射林麓探奇直度瘦龍脊千仞斷厓橫獨木虛皇之觀紫金堂絕勝洞天三十六日精月華左右分黛色參天如削玉厓下飛流太乙泉自是天關通地軸巡山使者持赤刀咫尺蛟宮誰敢黷或聞仙犬吠仙燈或睹仙人跨仙鹿林泉處處愜予心摒擋琴書將卜築藥櫃麻籠春復春蟠桃畢竟何年熟

清涼也

濤涼也字德人六合人

茶亭口號

臨街住破屋於世淡交情莫謂絶人迹隔籬通市聲

錢月齡

月齡自號鶴山道人無錫人吳越王二十一世孫居洞虛宮有丹邱漫稿

牛首山

商林殘暑散秋風牛首登臨法界中杉檜參天隨上下江山極目自西東獻花白鳥來何際挂樹青猿叫徹空老眼欲探兜率境梯雲千尺月朦朧

法住

法住字雲峯一字曇鎧靈谷寺僧有幻庵詩曇鎧爲見心高

弟子曾編蒲庵集
附幻庵詩於後

溪雨浮陰

浮雲將雨渡溪來暝色昏昏晝不開松下茅茨人不到亂飄
黃葉滿蒼苔

僧澂

僧澂牛首山僧後居大岡慈善寺有雲巢集

水月

月在天上行其影乃在水世人不觀天枉自捉水底

明智

明智牛首宏覺寺僧

禪居自詠

深閑山房學懶融不知身在寂寥中每聞野雀林間噪時有

高人寺外逢雲斂長空春日暖香消晴晝法堂空坐禪漫點清幽景走筆題詩思轉慵

善　堅

善堅字古庭毘陵籍牛首寺僧

村晚

眺望前村近桑麻路欲迷過田衣拂水緣逕履沾泥遠嶠寒烟合空林夕照低邨翁留我宿也解說禪機

白雲霽

雲霽字明之自號在虛子上元人茅山道士明之天啟丙寅以道藏之文分門編次分三洞四輔十二類爲道藏目錄詳注四卷

柏枝洞

幽谷靈岩晚半陰明霞落照對楓林鼎烹空黍招靈羽月湧

寒泉湛玉鱗世俗那知閒歲月仙人應不負冬春柴扉半掩
山中寂來往惟看洞口雲

正　嵒

正嵒字豁堂俗姓郭仁和人主持靈谷寺稱南屏僧

懷寶華山見月

吴人規厚利抱石以爲玉窮工成上爵刻意事珍蓄藉以翠
毛錦貯以文梓櫝吹拂棐几上瑩澈耀人目好事眩其術欣
然願求鬻問代則商周請價恐驚俗不謂有西賈發足自天
竺晚之入不言貌若心未服其見秋空月妍醜無隱矚乃知
向所爲一往徒碌碌

宗　乘

宗乘字載之寶華山僧

閒居

落葉積深巷閉門無客敲閒雲過石面爭雀墮籬坳障眼書難廢看心日易拋青青數竿竹應不厭窮交

眞可

眞可字達觀句容人世號紫柏大師有茹退集

吳氏廢園

汾陽門第晉風流縹緲吳山感勝游今日松蘿誰是主斷雲殘月鎖江樓

果斌

果斌字半峰嘉靖中住持天界寺有半峰集顧華玉與陳魯南東云今春屛居墓田前通古道可步尋諸寺有福全古曇果斌諸僧談禪和詩皆有能事

王十嶽金平淵山寮避暑

小隱空山絶四鄰野雲孤鶴自相親誰知一徑深如許猶有
敲門看竹人

可浩

可浩字月泉靈谷寺僧月泉善畫尤工蒲萄呂涇野爲題青林堂扁馮世雍參政云青林岡上靈谷寺中有老僧知繪事蒼松寫出虬龍勢瘦石劙成霹靂字豐南隅主事云龍宫瀕洞不可測下有七寶光琉璨老師手掣千尺榦粒粒總見眞摩尼

酬上元程大尹疏濬八功德水

半塞泥沙亦有年舊時功德似空捐引流草蔓雲埋處開濬
松根石罅邊仙露玉杯浮沆瀣天光金鏡落虛圓琴堂一片
秋來月千古清光照此泉

永昇

永昇字太虛六合人俗姓方招賢寺僧太虛與道士蕭中居江浦

石洞院著有種樹

韻陳白沙喜之

和莊定山半雲亭韻

宇宙中間理渾淪自形自色自朝昏大觀須信馬非馬聚散

誰知我亦雲

德　清

德清字澄印族姓蔡全椒人出家報恩寺尋入牢山

逮繫戍遼陽有憨山夢游東游等集

宿清溪驛

湖流遵遠渚小泊傍孤亭月隱山容淡魚潛水氣腥草蟲鳴

斷岸沙鳥宿寒汀最惜飄零者浮生夢未醒

山居

萬峰深處獨跏趺歷歷虛明一念孤身似寒空挂明月唯餘

清影落江湖

身心放下有餘閒垂老生涯在萬山不許白雲輕出谷好隨明月護柴關

夜深獨坐事枯禪撥盡寒灰火不然忽聽樓頭鐘磬發一聲清韻滿霜天

洪　恩

洪恩字三懷上元人本姓黃出家報恩寺住持寶華雪浪山有雪浪集

過吳仲穆

入郭門通水君家水映門里中高士臥河上丈人尊不請月當戶自生花滿園豆蓬時散影此際共誰言

望亭飯僧

借得人家隙地中藏幾樹梅花旋構數閒茅屋欲談一卷楞伽

屋後一灣流水門前幾點青山雲去月來橋上烏啼花落人閒

欽義

欽義字湛懷本姓王金壇人出家大報恩寺周暉選憨山雪浪湛懷日長十三詩僧

牛首山

秀色鬱磷磷諸峯合遝陳雲流飛壁冷花補斷橋春竹意留行客山靈慨隱人如云容駐錫終託百年身

瓦官寺

烟霞城闕起勝跡在林椒春草繞三徑松風話六朝治城深

竹樹白鷺帶江潮憶昔談經處鐘聲鎖寂寥

寬悅

寬悅字臞鶴上元人出家普德寺有堯山藏草

夏日過理安訪法雨

何處埋名隱空山獨往尋石潭千澗落雲磬一峰深片雨涼
銜夕疏藤夏結陰白扉幽不掩松月上孤岑

法果

法果字雪山吳人寶華山僧有集八卷雪山與一雨巢松蘊璞俱雪浪弟子汰如又一雨弟子也雪山詩王百穀稱爲近代詩僧

元公閉關庵中賦贈

桑榔挂柴門門前草盈丈龕室面梁溪意在嵩山上此時木
落何紛紛主人竟日何所聞階前寸土亦是地慎勿踏破階

頭雲須臾一坐十小劫我比秋林踏黄葉俯驚水走橋欲流仰視雲峰亂眉睫蒲團爛後成塵埃蒼生忍没蒿與萊樹杪晴嵐碧如洗請君試涉溪南來君不知青山久寒生緑苔山風欲遣柴門開

閒居卽事

剩得鷗林地蒿蘆葺乍完潑雲峯市戸裏日樹平垣草閣因風敞溪花隔霧看不安麋鹿性何以戀巑岏

乾坤添白髮江海限紅塵獨樹逢殘月清宵憶故人蝶占春後夢鶴想病中身安得西歸翼裁書慰爾頻

通潤

通潤字一雨吳縣太湖人姓鄭住寶華山有秋水庵集一雨山居詩有山深雲亦好之句程孟陽爲詩寄之曰記取山深雲亦好爲傳問訊到長干

山行

門花歷歷鳥關關盤過斜溪更入山身到孤峯心亦住卻嫌流水出人間

賀九嶺晚歸

半月足未出空林葉漸稀偶隨秋草去便趁晚雲歸路逼沙穿履松明影照衣行行轉山峽已見竹門扉

雪谷

雪谷字祖庭本名劉智聽金陵人高座寺僧

雨花臺

經臺空有草不見昔時花欲領忘言趣江雲幻作霞

如浸

如浸字巢松上元人報恩寺僧

闕題

攜缽千峯裏誅茆曲澗邊枕鉏眠細草敲石煮春泉鳥下嘗聽法松陰覆坐禪時聞好詩句海客得相傳

智舷

智舷字葦如號秋潭上元人有黄葉庵詩草

送葉熙時還新安省親其尊公常讀書黄山指月庵

今年季秋與孟冬余也踏遍黄山峯歸來相對數竿竹倦錫倚壁雪滿屋送君手捉天台藤打破子陵灘下冰欲識君家讀書處只問丹台指月僧

秋日山中

落木空殿深夕陽下山徑戶外松風寒獨立鳴孤磬

題徐春門畫

山頭雲濕皆含雨溪口泉香盡帶花此是天池穀雨候松陰
十里賣茶家

通　洽

通洽字履正寶華山僧

雪夜

雪光窗外寒如月梅影燈前靜似僧坐到更殘羣響盡細吹
榾柮煮春冰

道　研

道研字非白江甯人天隆寺僧寺在安德門外有大鼓

山中感事

泉響有聲晝雲飛不住因相招宜伴我解贈問何人竈冷難
煨芋山空自負薪狂歌悲世界大半爲靈均

大雲

大雲字獨任江甯人石頭庵僧有甫莊吟

贈張南村

頻過曾不厭共住亦關情掃徑鐘方歇炊泉月乍生貧堪傳
姓字冷不絕逢迎每坐危樓上雄談徹幾更

智相

智相字納山上元人後蔡寺僧晚游海鹽天甯東林
關房工詩

海月亭

海上月出時照見僧頭白月落海茫茫萬象渺無極身世竟
何如此亭悵今昔

達旦

達旦字介立江甯人

游焦山

處士名千古身閒大壑中海門看咫尺隻艇欲何通入世驚遷變此山無異同前峯雖勁敵未敢與爭雄

南音

南音字眞鈍自稱黃梅老人蔣山佛國寺僧有和中峯梅花百詠鈍叟住太平門外板倉與其弟子正煜俱以詩稱梅花詩合梓爲上下卷宏選爲之序

江梅

誰入江上尋芳信臥醉靑帘向酒家忽聽夜潮隨月上醉窺樹底雪如花

正煜

正煜字樗庵一字西疇蔣山佛國寺僧有和中峯梅花百詠西疇與石城丁徵大猷交最契梅花百詠乃和南音作也其弟子定乘亦能詩

觀梅

憶昔春前破雪看祇知清味不知寒而今花又重開放輸與山僧獨倚欄

明　河

明河字汰如通州人自稱高松道者住寶華山

山居

東溪信非遙咫尺籬門外橋頭看落花昨日鶯聲在

隝深不見人樹杪青峯墮若箇朵松花隔林應喚我

屋後山疏秀門前水淸淺朝來何處峯吹落浮雲片

短日催身老長吟奈病何暗消心事盡新識藥名多

送雨風無力流花水不情啼春枝上鳥今日更分明

如愚

如愚字蘊璞上元人少爲諸生避俗爲僧自稱石頭和尚住碧峯寺有石頭庵集（蘊璞初居衡山石頭庵至金陵於碧峯側結一小庵亦曰石頭）

春日龍潭庵對雨

苔蘚空門外烟蘿夾徑陰春流一磵急寒雨數峯深鳥倦還山翼雲遲過客心望中燈火起人語出遙岑

法通

法通字從石攝山僧有譚品餘籤

攝山

徵君不可見紺宇結山椒樹影千年月江聲九派潮徑荒雲

漠漠碑卧草蕭蕭，何事秋蟬響齊梁，恨未消。

阿昕

阿昕又名阿昕，字笠居，一字不庵，井人，碧峯寺僧。

憶西江趙雪餘

知有不平在，阽危未敢鳴。姓名疑故我，家國負今生。芳草似無限，夕陽空自明。義方聞有子，遺稿倘編成。

道盛

道盛，字覺浪，自稱浪杖人，本姓張，柘浦人。少爲諸生，棄去爲僧，住天界寺，後葬於棲霞寺。覺浪偈語詩章，楚雲所著《攝山志》載之甚夥。明詩綜稱其清明微雨後，花鳥亂飛時；苦竹長遮徑，高松自護關。不愧天籟清機。

浴龍池

枕流漱石亦何心，苻帶蘋花何處尋。夜靜月明風在樹，坐聞

泓下有龍吟

六朝松

歷盡幾興亡汝獨傲霜雪試問栽松人幾回來此閲

徐 穎

穎字巢友一字渭友海鹽籍少爲諸生棄去爲僧晚入茅山爲道士不知所終渭友好談兵以徐鴻客姚廣孝自命投軀嶺海

古墓

草中斷碣先朝敕山下荒祠舊祭田往往磨刀人上隴石函掘得五銖錢

塞下曲

枯楊磧裏久無春盜得黄羊是漢人騂馬馱金輸塞盡不知何物鑄功臣

方正學先生墓

赤鳳巢空尙覆雛一坏翻荷主恩殊治城無鐵鑄肝膽石甃何人藏髮膚信史正須求草野鴟夷幸不殉江湖空憐粉壁多生氣難繪當年負扆圖

梅花

一夕吹開風不知冷光四照水參差白頭無事可相對枯樹何心作此奇野店春寒多襆被人家花候有新籬濛濛十里西溪路元氣依然太古時

月出玲瓏水底看思君無路寄長安竹雞未叫夜方靜蝴蝶欲來香又乾貧士一生多負氣美人半臂不知寒東皋小景如曾夢落落芳亭曲曲欄

角裏祠邊多手澤華山路口最知名凍雲帀地春無迹碧水

搖窗月有聲半夜抱琴投寺宿何人著屐過橋行辟娘縱負
金針巧誤檢紅絨繡不成

巫山高

黃金糞牛裂西土碧釵十二驚折股巴猿三咽弔瑤姬行人
淚續襄王雨斷黃糱製爲篙蜀江苦巫山高

椎埋歌

三軍之血百姓膏白日照耀如山高牙門宿衞半從賊我膏
我血公莫惜沙場牖下將毋同辱身誤國難言功

大成

大成字竺庵本姓龍長沙人住栖霞寺竺庵在金陵
始見浪杖於
靈谷時雞鳴寺塔遭祝融一夕而燼竺庵毅然力任
劉潛柱應子山蔡蓮西諸人佐之寺塔復成入攝山
嗣覺浪席

和陳涉江梅花

江漢雲翻走玉沙澗邊時見影攲斜征人萬里歸無信古寺千年廢有花閒聽鳥聲啼遠岸偶尋屐齒過鄰家薜蘿擷秀幽清好回首前途事可嗟

六朝松

婆娑只一樹得月更崢嶸天地無長物山川有遠情不堪論往事那喜聽秋聲卻憶明僧紹猶存六代名

山居

空谷杳無聲有時發異響羣峯忽入門始覺月初上

山中何所有

十二樓臺一枕長松風北面紙窗涼泉聲盡日花陰裏不煮黃精夢亦香

苗君稷

君稷字焦冥一字有邰上平人明亡棄官南走金陵爲道士

立秋前二日懷剩公

坐惜秋將至思君在翠微山空花自落林靜鳥還飛策杖尋溪水牽蘿挂衲衣涼風送殘暑吾欲叩禪扉

智一

智一字雲墩上元人攝山僧有鐘影堂詩鈔

洲居

水勢彎環處自然洲渚生蒹葭藏戶口門徑接瓜棚柳密人烟近波涼鷗夢清村醪分草座留客聽鶯聲

賀燕徵

燕徵字元生號烟叟丹陽諸生宏光時有薦其才兵部參贊軍務後入茅山爲道士有玉篋集

戰城南

戰城南守城北城下萬竈炊烟黑今日椎牛炰羔饗壯士焉知明日戰死不爲狐貍食狐貍腸可以葬馬革裹尸非所望君不見松根鬼火粲如花孤魂夜夜泣無家雨洗黃沙出白骨箭鋒猶向骨間没

冬月聞警

落日山川淡軍符正北來風塵埋壯士天地老奇才抱玉三朝泣懷書十上哀空留鄧禹笑不畫漢皇臺

子夜歌

獨起聽秋聲梧葉滿階落非不戀故枝西風自情薄

琛大

琛大字芥庵湘潭李氏子明亡逃爲僧白下有半山集

與初明調王步月松下遲張南村不至

秋高天宇淨山寺羣籟空東皋月初上寒光樹杪通時有黃葉墮砌冷聞百蟲二妙夜相訪高懷誰與同我思南村人得句雁聲中河漢皎如雪悵望翻朦朧孤磬聞疏烟殿角度微風共步松影間衣襟霑露叢

早春余鴻客諸君過訪留宿山房期葉桐初用杜陵秋野韻

暖氣占花候晴光漾太虛烟中尋佛寺麥裏過殘墟人語穿山響春蔬帶月鋤桐君期不至遲爾共觀魚

丙辰九日書懷

鄉書欲達苦無由一割鴻溝兩地愁九日臨高徒極目廿年瀕海只孤舟砌蟲入戶先知冷社燕翻空尚戀秋看罷茱萸傷晚景邇來衰病怯登樓

竹下彈琴

修竹竿竿帶淚斑鷓鴣春雨叫空山琴中莫譜湘妃怨爲有長沙客未還

大汕

大汕字厂翁嶺南人金陵僧有離六堂集張南村爲序

金陵

白門久不是吳宮無主花飛滿地紅十廟飢烏啼戰血三山

故壘亘長虹人歸夕照霜林外馬立春陰戍鼓中未雪六朝
亡國恨至今風雨泣江東

題龔半千畫册

脫木蕭蕭無比鄰蒼蘿洞口自垂綸如何日暮忘歸去爲愛
青山是故人

悼天界巨音和上

全身塔葬孝陵烟遥望香臺拜杜鵑細柳詩成寒食後白門
夢到落花前無多骨肉存孤嶂大半相知入九泉欲買黃粱
親一弔勞人尙滯五湖邊

一念

一念上元人先世爲指揮使明亡遯衡嶽爲僧晚住
新甯獅蹲閣自號萍禿有集二卷武岡鄧祥麟云一念和尚出金陵之

上元世爲指揮使中年以甲申之變祝髮南嶽卜棲新甯放生閣近三十載余得爲世外詩酒禪交短髮蕭蕭手眼高脫而興之豪俠曠達直欲杯塊湖山一粟世界有詩二卷將欲付梓於庚戌十二月十四日圓寂年七十有五

放生亭

竹影照江亭陰陰暑不生看山消白日翦菊護青英獨坐心逾寂徘徊月正明蕭然忘物我禪意聽溪聲

顯鵬

顯鵬字彬遠一字嘯翁一字鶴使永嘉籍明亡爲僧住金陵興善寺與杜于皇龔半千倡和有蘋洲詩集道光中武林郝蓮字明門得其手稿八冊

興善寺歌

金陵城內春草綠興善寺前歌一曲夜夜鍾山飛紫煙當年

此地埋珠玉長松修竹亦含愁空林鼓吹無時休燕釵翠股青裊裊斕斑翠錦眠芳草君不見天上紅樓一百五中有仙人解歌舞南極無光東海枯明皇珠斗化塵土今夕何夕心徬徨赤腳獨立古寺旁屋廬半榻春氣死金陵山色徒相望千年石塔老鵂叫萬事如雲寒鬼嘯持刀割斷五色雲撲落虛空成大笑

函可

函可字祖心一字剩人南海籍明大學士韓日纘次子住持高淯招遠庵明亡被逮尋得釋

山居

無事不攜筇多因訪遠松獨行深雪路忽聽隔溪鐘得句嗚寒谷持雲贈別峯自來無定止到處幸能容

關山月

月向巫閭山上出不照人間照死骨死骨千年更不還魂隨山月度重關關山疊疊歸魂苦蒼茫不計來時路閨中少婦獨夜眠忽忽夢到龍沙邊夢去魂歸不得遇月明如霜草蟲語

喻指

喻指字非指蕭山籍鼎革後披道士服偕王中素呱呱和尚放浪江湖隱於金陵黃鹿觀

遊金陵

兵革多銷故舊稀剛留角里閉柴扉兩朝風雅歸斑管十載雲蹤著羽衣初定甲庚皆合道昔游湖海竟忘機我來作客君應笑頭白如何下釣磯

大依

大依字南庵一字睡翁俗姓莫莆田人少爲諸生棄去爲僧住棲霞寺葬江浦西華之麓有吹堂集

鍾山

頭白江南不忍歸琵琶街上夢依依寺存前代僧應少山到斜陽樹已非江水幾年沈鐵鎖孝陵此日拜緇衣茫茫白日高天下獨見荒原數鳥飛

㝩宏濟寺

燕子磯邊寺因巖結一堂依潮安短夢分石下胡床松影揺衰綠月痕過樹黃波聲千載上何以竟茫茫

髡殘

髡殘字介秋一字石谿又號白秃一號殘道者武陵

劉氏子少翦髮爲僧走金陵嗣浪丈人住持天界寺工山水有浮查詩集周櫟園讀書錄云公性情筆墨俱高出人一頭地所與交者遺逸數輩而已疾革語死後舉火投其骨於燕子磯下歿後十餘年有瞽僧至燕子磯募工升絕壁刻石谿禪師沈骨處數大字於上顧亭林王徵君潢具舟城西同楚二沙門小坐柵洪橋詩云上坐老沙門舊日名省郎曾折帝廷檻幾死丹陛旁天子自明聖畢竟詠安昌南走侍密勿一身再奔亡復有一少者沈毅尤非常不肯道姓名世莫知所藏即指髡殘也

古意

瘞琴峩眉巔知音何寥寥理骨易水旁俠士魂猶驕物性不可違豈必漆與膠嘗恨語言淺白首空搔搔

夏日與張南村山中清話

暑氣全歸市夏雲多在林半窗蕉葉雨一榻海棠陰淡座高人意濃茶道者心諸方禪誦寂片月下西岑

山中

我與閒雲同一室雲閒我懶亦相宜晚風昨夜邀雲去山有閒雲山不知

性　枝

性枝字徹融侯官人永興寺僧魏惟度云徹公身本王謝避世逃禪韜明和尚付以衣鉢太史鄧元昭延住梅園爲方外交時與倡和

永興靜室

通宵原有路構刹不妨深草色堪清供松濤足賞音風飄香入几雲待鶴歸林物我揮如此悠然古佛心

明　暹

明暹字若晦一字西庸蘄州人吉祥寺僧

訪魏惟度居士讀書處

我來尋長者雨後見淸涼寺僻石多冷山幽徑亦香軒車藏竹隖書史亂繩牀惟道余方外相思若未忘

興機

興機字震巖本姓張名拱端字孟恭太原籍住天界寺

辭雲門梵林徵詩入選和原韻

孤蹤只合孤峯老縱遇花時不去探狐首死惟甘向北雁聲悲是悔來南已將名共鬚毛削肯把詩同里巷談多感殷勤詩入選不知選義少人耽梵林字宏修山陰人主雲門寺有詩輕詩選之選

金陵詩徵卷四十四終

江甯翁長芬校字

人名索引

説　明

一、本索引以本書所收作者的首字筆畫爲序，標注此人在本書中的頁碼。筆畫數相同者，以起筆一（横）、丨（竪）、丿（撇）、丶（點）、乙（折）爲序。首字相同者，以第二字筆畫爲序。餘類推。

二、姓名相同者，一般在人名後加注字號以區分；字號不詳者，則根據實際情況標注籍貫或科舉情況等。

三、本書所收作者姓名，個别存在訛誤的情況，能據相關資料確定的，在編製索引時徑改。目録和正文不同者，在没有其他資料確定的情況下，一般以正文爲準。又有同一人重出的，則合併爲一處。以『無名氏』收入者，不列入本索引。

一畫

二畫

三畫

四畫

五畫

六畫

七畫

八　畫

九畫

十畫

十一畫

十二畫

十三畫

十四畫

十五畫

十六畫

十七畫

十八畫

十九畫

二十畫

二十一畫

二十二畫

二十三畫